Simon Valta

Die Skipperin und der Guru

BoD™
BOOKS on DEMAND

Simon Valta

Die Skipperin und der Guru

**Ein Selbsterfahrungsseminar kreuzt
im Wattenmeer**

Bibliografische Information der Deutschen Nationalbibliothek:
Die Deutsche Nationalbibliothek verzeichnet diese Publikation in der Deutschen Nationalbibliografie; detaillierte bibliografische Daten sind im Internet über http://dnb.dnb.de abrufbar.

© *2019 Simon Valta, Text und Layout*
© *2019 Brigitte Wehrfritz, Grafiken*
Coverentwurf und Cover-Foto Matthias Schneider

Herstellung und Verlag: BoD – Books on Demand, Norderstedt

ISBN: 978-3-7448-1049-4

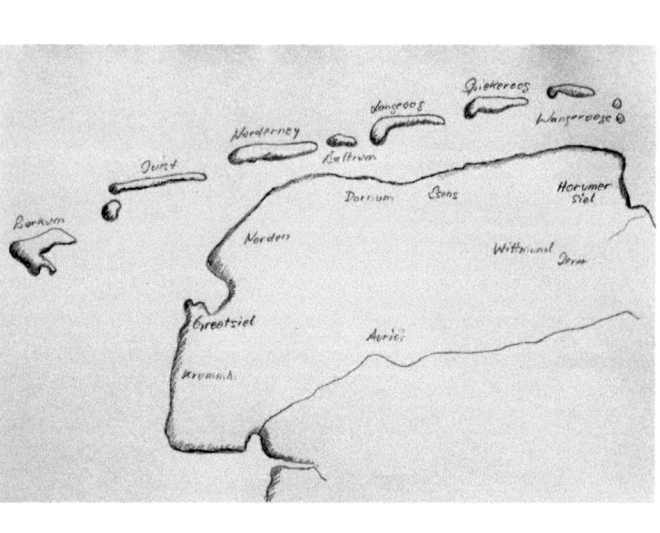

Inhalt

Von Horumersiel nach Minsener Oog

Es war schon aberwitzig, und wenn die junge Holländerin nicht so angespannt gewesen wäre, hätte sie losgelacht. So aber stellte sie ihren Teebecher etwas zu heftig auf die Reling und ein Teil der braunen Flüssigkeit schwappte heraus.

"Leben ganz im Hier und Jetzt", stieß sie spöttisch hervor und sah eine Möwe auf dem Poller vorwurfsvoll an. "Sie sind jetzt weder hier, noch haben sie einen Anflug von Pünktlichkeit. Seit zwei Stunden überfällig!"

Eske tom Dijk war seit einem Jahr Skipperin des alten Traditionssegelschiffs *"Hope of Zegen"*. Das Schiff wurde regelmäßig verchartert. In dieser Woche sollte sie mir einer achtköpfige Gruppe durch das ostfriesische Wattenmeer segeln. Ein Selbsterfahrungs-Seminar. Thema eben: *Leben ganz im Hier und Jetzt*. Ein Guru mit seinen sieben Jüngern. Sieben Tage sollte die Reise dauern und entlang der ostfriesischen Inseln von Hooksiel nach Greetsiel führen.

Und nun lief ihr die Zeit davon. Sie hatte dem Leiter des Seminars, einem gewissen Boris, wiederholt eingeschärft, dass die Gruppe spätestens um 7 Uhr morgens am Hafen zu sein hatte.

"So früh?", hatte Boris matt ins Telefon gestöhnt. Wahrscheinlich war er an Erleuchtung und Erweckung zu wesentlich freundlicheren Tageszeiten gewöhnt. „Die Tide wartet nicht", hatte Eske ihn kurz beschieden. „Wenn wir am Samstagabend auf Wangerooge sein wollen, müsst ihr pünktlich sein." Dann hatte sie aufgelegt.

Jetzt war es fast neun, das Wasser stieg und der Fleugel der *"Hope of Zegen"* flatterte in einem munteren Südostwind. Die Zeit wurde knapp. Die Flut lief bis etwa zehn Uhr auf, und wenn sie bis dahin nicht die flachen Stellen im Wattfahrwasser nach Wangerooge passiert hätten, würden sie es nicht mehr auf die Insel schaffen.

Wieder griff Eske zum Handy und versuchte, den Rheinhessen-Guru mit Wattenmeer-Ambitionen zu erreichen. Und erneut war es die Mailbox. Ein süßliches Sitargebimsel bildete das Intro, dann ließ der Meister sich selbst vernehmen. Er danke, so durfte man hören, dem Anrufer für die Freundlichkeit, mit ihm Kontakt aufzunehmen. Leider sei er gegenwärtig telefonisch nicht erreichbar. „Du kannst mir aber sehr gerne", raunte es weiter, „eine Botschaft nach dem Signalton hinterlassen. Viele Informationen über meine Seminare und meine Arbeit findest du auch im Internet unter *www.sei-ganz-im-Hier-und-Jetzt.de"*

„Ich hätte freundlicherweise eine Information darüber, wann du HIER bist! Ruf mich an, und zwar JETZT!", blaffte Eske in das iPhone. „Du bist zu spät, zwei Stunden zu spät." Dann steckte sie das Mobiltelefon in die Seitentasche ihrer Seglerjacke und stapfte auf das Vorschiff.

Wenigstens ihren Bootsmann wollte sie jetzt sehen! Wütend hämmerte sie mit der Faust auf das Deckenluk. „Hans-Dieter-Bindestrich! Reise reise! Raus aus der Koje, weißt du eigentlich, wie spät es ist?"

Erst tat sich gar nichts. Dann hörte man ein Rumoren, ein Krachen und ein Stöhnen. Schließlich öffnete sich das Luk einen Spalt breit und ein fast kahler Schädel kam zum Vorschein. Hans-Dieter kniff die Augen fest zusammen, um sich vor dem Sonnenlicht zu schützen und blinzelte vorsichtig. Als er seine Skipperin erkannte, zog er sich einige Zentimeter zurück.

„Was bölkst du denn so?", brummte er und stöhnte dann.

„Hast du einmal auf die Uhr geschaut?", keifte Eske. „Es ist gleich neun. Wir müssen die Gäste in Empfang nehmen, das Gepäck verstauen und alles für die Abfahrt vorbereiten. Und du liegst in der Koje und schläfst deinen Rausch aus."

„Aha", machte der Hans-Dieter bedächtig und rieb sich seinen Schädel. „Wo sind die Herrschaften denn?"

„Das möchte ich auch wissen. Keine Spur von ihnen. Und ans Handy gehen sie auch nicht."

„Bestimmt ausgeschaltet. Wegen der Strahlung." Der Tonfall des Bootsmannes ließ keinen Zweifel zu, was er über solche Gesundheitsapostel dachte. Dann verschwand der Kopf wieder im Inneren des Schiffes, man hörte einiges Herumgekrame und schließlich kletterte der Bootsmann den Niedergang hinauf und ließ sich auf die Backskiste neben Eske fallen.

Eskes Zorn verrauchte. Lange konnte sie dem alten Fahrensmann ohnehin nie böse sein. Wortlos schob sie ihm ihren halbvollen Teebecher hinüber. Der nahm ihn dankbar an.

„Mein Kopf", stöhnte er und nahm einen tiefen Schluck.

„Du Armer!", säuselte Eske. „Kommen deine Schmerzen daher, dass du dir gerade deinen Charakterschädel am Deckspant eingeschlagen hast oder liegt es am Bessen Jenever gestern Abend? Hatten wir da vielleicht mal wieder etwas zu tief ins Glas geschaut?"

Hans-Dieter Bindestrich nahm einen kräftigen Schluck Tee und stierte auf den Boden des Steingutbechers. Wie sollte ein alter Matrose es auch anders ertragen können, dass sein geliebtes Schiff von einer Horde von Verrückten belagert werden würde? Verstohlen kratzte er sich am Kopf und befühlte die Beule, die sich zu bilden begann.

„Hast du denn wenigstens alles erledigt, was ich dir auf den Zettel geschrieben hatte?", wollte Eske wissen. „Einkäufe, Proviant, Trinkwasser?" Aber gerade, als Hans-Dieter Bindestrich zu einer längeren Erklärung ausholen wollte, kam ein altertümlicher, bunt bemalter VW-Bus laut hupend durch das Sieltor gefahren und hielt mitten in einer Pfütze aus Altöl, Fischresten und Regenwasser.

„Da sind sie!", entfuhr es Eske und Hans-Dieter Bindestrich unisono.

Alle Teile des alten VW-Busses klapperten. Boris trat das Gaspedal bis zum Bodenblech durch. Der Motor heulte beleidigt auf. Die Tachonadel kletterte von 90 auf 91 km/h und schließlich auf 92. Mehr war nicht drin!

Boris seufzte: Immer kam er zu spät! Und entscheiden konnte er sich auch nie. Als er gefragt wurde, ob er das Seminar übernehmen könne, weil die eigentliche Kursleiterin Jessica sich das Bein gebrochen hatte, hätte er einfach nein sagen müssen. Nein, tut mir leid, nein. Stattdessen hatte er sich Bedenkzeit ausgebeten, hatte herumlaviert und schließlich war es für eine Absage zu spät gewesen.

Er hasste Norddeutschland, die Küste und das Wattenmeer. Bei Jessica war es etwas anders, sie stammte aus einem kleinen Fischerdorf nördlich von Bremerhaven und war von der Idee, ein Selbsterfahrungsseminar unter dem Einfluss von Gezeiten, Wind und Wetter auf einem Segelschiff zu veranstalten, völlig begeistert. Ihm dagegen grauste es vor der Nässe, der Enge des Schiffes und den Unbequemlichkeiten, die das Bordleben mit sich bringen würde.

Und vor der Skipperin des altmodischen Kahns! Er sah sie überdeutlich vor seinem inneren Auge: eine frustrierte, herrische, untervögelte Ziege, die ihre Unzufriedenheit als befehlsgewaltige Schiffsführerin kompensieren konnte. Mit Sicherheit fett, pickelig und hässlich wie die Nacht! Ein paar Mal hatten sie E-Mail-Kontakt gehabt, einige wenige Male auch miteinander telefoniert - das hatte ihm gereicht. Er hatte sich Vorträge über Pünktlichkeit, Zuverlässigkeit und „die Flut wartet nicht" anhören müssen, er hatte „ja, ja" gesagt und die Ohren auf Durchzug geschaltet. Blöde, dass er jetzt schon fast eine Stunde zu spät war, um seine Seminarteilnehmer einzusammeln. Sie hatten dann noch eine vierstündige Autobahnfahrt vor sich und mit dieser lahmen Gurke von VW-Bus bestanden wenig Chancen, die Zeit wieder einzuholen.

Die Seminarteilnehmer - das waren die nächsten Steine in seinem Magen. Boris war an Heimspiele gewöhnt: Audienzen im Shanti-Zentrum Nieder-Olm, wo sanft lächelnde Althippie-Frauen begierig an seinen Lippen hingen. Dieses Seminar auf dem blöden Äppelkahn würde anders verlaufen und seine Teilnehmer waren aus einem anderen Holz geschnitzt, das hatte er den Anmeldeunterlagen schon entnommen.

Leben ganz im Hier und Jetzt! Wie konnte Jessica nur auf diesen Titel kommen? Boris fluchte. Als das Seminar noch Wochen vor ihm lag, war er unbesorgt gewesen. Ihm würde schon noch etwas einfallen, so war es immer gewesen.

Dann aber war der Termin näher und näher gerückt und Boris fiel nichts ein. Man brauchte eine innere Leichtigkeit, um auf gute Ideen zu kommen, und genau die wollte sich nicht einstellen. Er hatte es mit Meditation und Versenkung versucht und war mit seinen neuen in-ear-Ohrhörern mit Außengeräuschunterdrückung bei esoterischer Musik durch den Park geschlendert und dabei fast mit einer Bikerin kollidiert, deren wütendes Klingeln er nicht gehört hatte. Aber eine gute Idee hatte sich nicht eingestellt.

Immer nervöser war er geworden. Gestern schließlich hatte er einen Joint geraucht und eine dreiviertel Flasche Rioja niedergemacht, wodurch wenigstens der Druck geringer geworden war. Joint und Rotwein hatten allerdings auch bewirkt, dass er heute verschlafen hatte und nun zu spät dran war.

Endlich erreichte er den Treffpunkt. Der Parkplatz vor dem riesigen Einkaufszentrum war zu dieser Zeit menschenleer, bis auf eine kleine Gruppe, die frierend in der Ecke stand.

Boris hupte zweimal und umrundete die Wartenden. Dann setzte er ein gewinnendes Lächeln auf, hielt an und versuchte, die Schiebetür des VW-Busses zu öffnen. Das blöde Ding klemmte wieder. Endlich bekam er sie auf und lächelte die wartende Gruppe voller Güte und

Sendungsbewusstsein an: „Einen wunderschönen guten Morgen!", rief er den Menschen zu, die sich da aufgemacht hatten, ihre innere Tiefe zu erforschen und zu sich selbst zu finden. „Ich begrüße euch aus tiefstem Herzen!"

„Pünktlichkeit ist wohl nicht ihre Stärke", blaffte es aus dem Kreis zurück. Eine stämmige Mittfünfzigerin fuchtelte wütend mit ihrem Handtäschchen herum. „Wir haben schon bei der Agentur anrufen, um uns zu beschweren. Aber die liegen wohl auch noch alle in den Federn. Keiner hatte es nötig, ans Telefon zu gehen."

Mein Gott, dieses Walross mit Damenbart will doch nicht etwa mit, dachte Boris. Doch, sie wollte. Ihr Name, so ließ sie sich lautstark vernehmen, sei Starenberg-Krollmann und sie habe diese Reise als Auszeichnung dafür gewonnen, dass sie Lehrerin des Jahres 2013 im Landkreis Mainz-Bingen geworden sei. Und sie müsse sich über die schlechte Organisation dieser Veranstaltung jetzt schon ziemlich wundern.

"Genau darum wird es in den nächsten Tagen gehen", entgegnete Boris und versuchte, den aufkommenden Zorn in eine Energie der Versöhnung und des Verständnisses zu transformieren. „Das Leben in diesem Moment, im Jetzt, wahrzunehmen, nicht nach der Zukunft und der Vergangenheit zu schielen."

„Dann können Sie *jetzt* schon mal mein Gepäck verstauen, junger Mann", keifte das Walross zurück. „Mein Gott, in dieser Rostlaube sollen wir bis Norddeutschland fahren? Hat die überhaupt noch eine TÜV-Zulassung?"

Boris überhörte das geflissentlich und sah an den beiden übergroßen Reisekoffern vorbei, die hinter dem Walross auf ihre Verladung warteten. „Ich begrüße euch zu unserer Reise zum Meer und zu unserer eigenen inneren Tiefe" begann er. „Wenn ihr einverstanden seid, werden wir uns in den nächsten Tagen duzen. Mein Name ist Boris, man nennt mich aber auch *Ashoka*, das ist Sanskrit und heißt *der Liebende*".

„Ha", schnaubte das Walross.

Die anderen hießen Karin, Kalle, Thomas und Klaas. Widerwillig verriet das Walross, dass es Jutta hieß. Jutta Starenberg-Krollmann.

Boris zählte durch: Es waren fünf. Es hätten aber sieben sein müssen.

„Leider, liebe Freunde, sind wir noch nicht ganz vollzählig. Zwei der Teilnehmer sind noch nicht eingetroffen. Bestimmt werden sie sehr bald kommen."

„Und wer fehlt noch?", hakte das Walross nach.

Das hätte Boris auch gerne gewusst, blöderweise hatte er die Mappe mit den Unterlagen auf dem Küchentisch liegen lassen.

„Zwei Teilnehmer fehlen halt noch", wiederholte Boris wenig geistreich.

Bevor Jutta Starenberg-Krollmann ihm weiter auf den Zahn fühlen konnte, raste ein Taxi um die Ecke, hielt an und spuckte eine elegante Lady, ein Teenie-Girl sowie eine Unzahl von Gepäckstücken aus. Dankbar verließ Boris die Gruppe der Wartenden und eilte zu dem Taxi hinüber.

„Guten Morgen! Ihr seid spät dran, aber ihr seid da, und das ist das einzig Wichtige! Willkommen in unserem Seminar *Leben ganz im Hier und Jetzt*! Ich bin Boris, euer Seminarleiter, der euch bei allem begleiten wird."

„Ach, du Scheiße!", ätzte der Teenie, eine vielleicht 14-jährige Jugendliche mit knallroten, strähnigen Haaren und einem Nasenpiercing. Das Mädchen kaute gelangweilt auf einem Kaugummi herum, blies eine große Blase auf, ließ sie platzen und klebte die Reste auf das Dach des Taxis.

„Das Kind bringt mich um", stöhnte die Lady gequält und wühlte in ihrer großen Handtasche herum. Endlich hatte sie gefunden, was sie suchte: eine halbzerquetschte Zigarettenpackung. Sie fischte sich eine *Eve* aus dem Etui und steckte sie sich zwischen die Lippen. „Christine", stellte sie sich bei Boris vor. Ihre Hände zitterten. „Hast du mal Feuer?"

Boris hatte. Es brauchte mehrere Versuche, bis das Feuerzeug brannte. Die Frau umgriff die Flamme, um sie vor dem Ausgehen zu schützen. Für eine Sekunde spürte Boris ihre Hände kühl an seiner Haut. Christine entzündete ihre Zigarette, nahm einen tiefen Zug und blies den Rauch durch die Nase in die Morgenluft.

„Ähem", machte der Taxifahrer, der immer noch auf seine Bezahlung wartete.

„Ach Entschuldigung!" Christine schrak auf und reichte ihre Zigarette Boris, um mit beiden Händen in den Tiefen ihrer Handtasche nach dem Portemonnaie suchen zu können. Boris hielt die Zigarette zwischen seinen Fingern und besah das glimmende Etwas nachdenklich. Dann führte er die *Eve* an seinen Mund, umschloss das Filterstück genau dort, wo Christines Lippenstift einen tiefroten Abdruck hinterlassen hatte und nahm einen tiefen Zug.

Er musste husten. „Rauchen ist schädlich, Alter", griente der Teenie. „Meine Mama erklärt dir das gerne. Pass mal auf!" Und schon hatte das Mädchen sich die Zigarette geschnappt und einen Lungenzug inhaliert.

„Madita!", kreischte Christine und stopfte dem Taxifahrer das Geld in die Hand. „Spinnst du? Rauchen ist ungesund! Gib die Fluppe her! Aber sofort!"

„Siehste!", feixte Madita triumphierend und versteckte die Zigarette hinter ihrem Rücken. Mutter und Tochter kämpften eine Weile, bis Christine sich ihre *Eve* wiedererobert hatte.

Der Taxifahrer zählte das Geld nach, entfernte mit einem Tempotaschentuch den Kaugummi vom Autodach, hauchte die Stelle an und polierte mit einem zweiten Tuch nach. Dann knallte er die Autotüren zu und brauste mit quietschenden Reifen davon.

Endlich waren alle Gepäckstücke und Mitreisende verstaut. Der alte VW-Bulli ächzte bedenklich in seinen Blattfedern.

Boris blickte auf sein Handy. Sie waren spät dran, sehr spät. Auf dem Smartphone waren fünf SMS eingegangen, alle von dieser aufgeblasenen Eske tom Dijk; die letzten drei mit vielen Ausrufungszeichen.

Die konnte ihn mal! Boris feuerte das Handy ins Handschuhfach und startete den Motor, der nach einigem Orgeln und mehreren Fehlzündungen endlich ansprang.

Als sie nach fünfstündiger Fahrt endlich in Horumersiel ankamen, war Boris überrascht: Der Segler sah aus wie aus einem Museum - ein breites, holzschuhähnliches, altertümliches Schiff mit braunen Segeln und zwei großen Seitenschwertern. Auf dem Vorschiff aber stand eine strohblonde, überhaupt nicht altertümlich wirkende Frau, die ziemlich zornig schaute.

Und das, so musste Boris zugeben, stand ihr gar nicht schlecht.

Bereits eine halbe Stunde später lief die *„Hope of Zegen"* aus. Das Wattenfahrwasser schlängelte sich vom Horumersieler Hafen in wilden Windungen zur Jade. Dünne Birkenstämme, die Pricken, kennzeichneten seinen Verlauf. Einige von ihnen nickten, als ob in der Tiefe, weit unter der Wasseroberfläche ein unsichtbarer Geist hocken und an ihnen wackeln würde.

Eske tom Dijk hatte sich ganz nach vorne verzogen, auf die Back des alten Segelschiffes. Die Bugwelle rauschte, und immer, wenn das Schiff in eine Woge der leichten Dünung eintauchte, spritzte die Gischt in einem Kragen von Wassertropfen voraus. Das monotone Geräusch dämpfte alle anderen Töne, selbst das Tuckern des Schiffsdiesels war kaum noch zu hören.

Ihr überstürzter Aufbruch hatte nicht den Regeln einer guten Seemannschaft entsprochen. Für eine Einweisung und für Sicherheitsbelehrungen der Seminarteilnehmer war einfach keine Zeit gewesen. Während die Gäste ihre Sachen unter Deck brachten, hatten Hans-Dieter Bindestrich und Eske die Festmacherleinen losgeworfen und waren mit der *„Hope of Zegen"* auf Fahrt gegangen.

Stundenlang hätte Eske nur in die Bugwelle starren können, aber sie zwang sich, den Blick abzuwenden. Auf dem Achterschiff fanden sich nach und nach die Seminarteilnehmer ein. Sie umringten den Bootsmann, der mit grimmigem Blick am Ruder stand und versuchte, sich der dümmlichen Fragen der Landratten zu erwehren.

Eske blickte wieder nach vorne. Ob sie es noch über die Untiefen vor Wangerooge schaffen würden?

Plötzlich übertönte lautes Geschimpfe das harmonische Rauschen des Wassers. „Ich glaube, ich spinne! Das geht ja nun gar nicht!", hörte sie ihren Bootsmann lospoltern. Hans-Dieter war vor Wut rot angelaufen und fuchtelte mit den Armen wild in der Luft herum. Eske eilte nach achtern um nachzusehen, was da geschehen war.

Neben Hans-Dieter Bindestrich stand Christine als Lady in Red in hochhackigen Pumps. Sie inhalierte gerade einen tiefen Zug aus ihrer dünnen, langen Zigarette und beobachtete den tobenden Mann neben ihr emotionslos.

„Mit solchen Schuhen kannst du an Bord nicht herumlaufen", bollerte der weiter. „Das ist ein Teak-Deck und kein Laufsteg im Puff!"

„Kein Laufsteg im Puff", wiederholte Christine langsam und blies ein Wölkchen Nikotin in Richtung des Bootsmannes. „Anscheinend weißt du ja ganz gut, wie es im Puff aussieht."

„Und wenn schon! Da laufen solche Schicksen wie du rum. Zieh sofort die Dinger aus!", schrie der Altmatrose erbost und steuerte das Schiff auf der falschen Seite an den Pricken vorbei. Eske griff korrigierend in das Ruder und gab Hans-Dieter einen warnenden Stoß zwischen die Rippen. Dessen Kopf lief noch mehr an.

„Ausziehen? Aber gerne doch!", antwortete Christine. Dann streifte sie sich im Zeitlupentempo die Schuhe mit den Pfennigabsätzen von den Füßen und wedelte damit dem Bootsmann vor der Nase herum.

„Die Strümpfe", äußert sie sich, „sind dann ja wahrscheinlich auch nicht richtig. Hier, halt mal!"

Mit diesen Worten drückte sie ihm ihre sexy Riemchenschühchen in die Hand. Hans-Dieter Bindestrich blieb der Mund offen stehen. Wie versteinert stand er da, zwei zierliche Absatzsatzsandaletten in roter Lackoptik in der schwieligen Seemannsfaust haltend. Die *"Hope of Zegen"* war schon wieder dabei, das Fahrwasser zu verlassen. Für den alten Seemann, der problemlos ein Schiff ohne Kompass in tiefster Nacht nur über den Zug des Windes auf seiner Wange navigieren konnte, war das offenbar zu viel! Christine aber streifte sich nun die halterlosen Strümpfe herunter, erst links, dann rechts. Dann nahm sie die Schuhe wieder an sich und feuerte alles zusammen in eine Ecke.

„Zufrieden?", fragte sie und deutete auf ihre Füße. Die Fußnägel waren knallrot lackiert; exakt im gleichen Ton wie die Fingernägel.

Hans-Dieter Bindestrich schob die Landratten, die wie üblich im Wege standen, beiseite, legte hart das Ruder und brachte das Schiff auf den neuen Kurs. Der Ebbstrom hatte eingesetzt und lief gegen einen frischen Nordwestwind an. Eine kurze, steile Dünung hatte sich gebildet. Es war schlagartig frisch geworden. Die Gischt der Bugwelle spritzte über das Schiff. Immer, wenn die *"Hope of Zegen"* sich gegen eine besonders hohe Woge warf, bekamen die Crewmitglieder einen Regen aus Salzwassertropfen ab.

Christine, die mit ihrem schicken Jäckchen und ihren bloßen Füßen seefahrtstechnisch eindeutig underdressed war, suchte hinter dem breiten Rücken des Bootsmannes Schutz vor der Dusche. Dabei kreischte sie vor Vergnügen.

„Aus Zuckerwatte ist die Lady nicht", dachte Eske und beobachtete die beiden. Jetzt legte sie auch noch ihre Hand auf die Schulter des alten Matrosen. Dessen Zorn schien dahinzuschmelzen wie Eis in der Sonne.

„Hans-Dieter Bindestrich", flötete Christine und ging vor einem Schauer aus Gischttropfen in Deckung, „darf ich auch mal ans Steuer?"

„Du meinst, ans Ruder?"

„Genau!"

Der Bootsmann war mehr als skeptisch. Frauen an Bord waren ihm suspekt, Eske natürlich ausgenommen. In der Kombüse mochte es noch angehen, aber am Ruder? „Weißt du…", begann er.

„Danke!", rief Christine und hatte sich das Ruderrad geschnappt. „Wo müssen wir hin?"

Hans-Dieter Bindestrich räusperte sich umständlich. „Auf Tonne 25 zuhalten. Kannst sie ein bisschen Steuerbord liegen lassen." Und weil Christine kurzsichtig war, aber aus Eitelkeit keine Brille trug, musste er ganz dicht hinter die Frau treten um ihr zu zeigen, wo das Seezeichen sich befand. Christine folgte der Richtung seines ausgestreckten Armes und versuchte, die Fahrwassertonne auszumachen. Als sie den Kopf zurücklehnte, um besser sehen zu können, kitzelten ihre Haare dem alten Bootsmann im Gesicht.

Die *"Hope of Zegen"* aber musste sich erst an ihre neue Steuerfrau gewöhnen und fuhr Schlangenlinien. Christine hatte die erloschene Zigarette zwischen die Lippen geklemmt und kurbelte wild am Steuerrad. „Nicht so stark Ruder legen - Stütz! - So ist's gut!" Nach und nach bekam sie ein Gefühl für das Schiff und dessen Eigenheiten.

Eine knappe Stunde später hatte die *"Hope of Zegen"* Minsener Oog erreicht. Auf der kleinen Insel lebte nur ein Vogelschutzwart, für andere Menschen war der Zutritt verboten. Von März bis September verbrachte ein Ornithologe die Zeit in völliger Einsamkeit auf der Insel; von einigen wenigen Besuchen durch das Versorgungsschiff und durch geführte Besuchergruppen einmal abgesehen.

Eske musste nun eine Entscheidung treffen: Sollten sie den Weg durch das Watt, entlang der Vogelschutzinsel nehmen? Dann fuhren sie durch ruhigeres, geschütztes Fahrwasser, liefen aber Gefahr, nicht mehr über die Untiefen zu kommen. Oder sollten sie den Weg „außen rum" durch die Jade und die Blaue Balje wählen?

Eske blickte auf ihre Armbanduhr. Sie waren zwar zu spät losgekommen und der Wasserstand war schon gefallen, trotzdem könnte es noch klappen. Allerdings hatte in den letzten Tagen Ostwind geherrscht, der das Wasser aus der Deutschen Bucht in Richtung Nordatlantik trieb, so dass die Wassertiefe einen halben oder ganzen Meter geringer sein konnte. Sie trat zu dem jungen Mann, der auf seinem Handy herumtippte.

„Hallo", sagte sie. „Du bist Klaas, oder?"

„Ja", antwortete der und wischte sich die Salzwassertropfen von seiner Brille ab.

„Gefällt's dir hier?", fragte Eske und wies mit einer ausholenden Handbewegung auf die Jade, die Inseln und den Himmel.

„Geht so", meinte Klaas. „Schlechtes Netz. Nur GPRS."

„Nur was?"

„GPRS. Ganz langsames Internet. Wenn man ganz nach vorne geht und den Arm nach oben streckt, funktioniert es manchmal. Aber total langsam."

Deshalb also stand er hier vorne. Nicht wegen der Bugwelle. „Kannst du mal bsh.de aufrufen, und dort nach den aktuellen Wasserständen sehen?"

„Mach ich", gab Klaas zurück. „Mann, das dauert." Klaas musste sich durch mehrere Seiten klicken, bis er gefunden hatte, was er suchte. „Hier, Wangerooge. 10:50 Uhr, minus 30 cm."

„Dann versuchen wir es!", entschied Eske. Sie würden den kürzeren Weg über das Watt nehmen, nicht den großen Schifffahrtsweg der Jade. Der Weg entlang der Vogelschutzinseln nach Wangerooge war romantisch und geheimnisvoll. Und sollten sie tatsächlich auf einer der flachen Stellen aufkommen, müssten sie eben auf dem Watt die Nacht verbringen.

„Blaue Balje", rief sie Hans-Dieter zu; so war der Name des Wattfahrwassers. Der tippte als Zeichen des Einverständnisses gegen eine nicht vorhandene Schirmmütze und führte Christines Hände, damit diese den Kurs des Schiffes ändern konnte.

Die „Blaue Balje" ist eines der geheimnisvollsten Fahrwasser der Welt. Es schlängelt sich erst in großen Bögen, dann in aberwitzigen Biegungen durch das Watt. Der Ebbstrom zog sie gemächlich mit. Dann wurde die Strömung stärker. Die Kennzeichnung durch Pricken hörte auf. Ein Haufen von Fahrwasser- und Untiefentonnen lag herum und man musste höllisch aufpassen. Eske hoffte nur, dass ihr Bootsmann sich nicht von Christine ablenken ließ. Schneller und schneller wurden sie. Der Kurs führte um hohe Schlickberge und halb versunkene Befestigungswälle herum, dann ging es so knapp vor der Vogelschutzinsel entlang, dass man meinte, mit einem großen Schritt an Land steigen zu können. Seehunde lagen auf den Sandbänken und verfolgten sie neugierig mit ihren großen Knopfaugen. Eske verließ jetzt ihren Platz auf dem Vorschiff und stellte sich neben den Bootsmann. Sie ließ die Augen nicht vom Echolot. Das Fahrwasser war an dieser Stelle tief, über fünf Meter, aber wenige Meter daneben lauerten Sandbänke mit tückischen Untiefen. So manches Schiff hatte sich hier schon festgefahren, gerade hier ragten noch die Reste eines alten Schiffswracks aus dem Wasser. Die Fahrt wurde wilder. Überall standen Schaumkronen.

Dann vereinigte sich das Fahrwasser mit dem tiefen Priel der Blauen Balje. Wie durch einen Trichter schoss das Wasser durch die Enge zwischen dem Leitdamm und dem Ostende von Wangerooge. Sie aber hatten sich westlich zu halten, durften sich nicht durch dieses Nadelöhr saugen lassen. Zwei, drei scharfe Biegungen noch - dann war der ganze Spuk vorbei. Mit einem Mal waren sie in einer anderen Welt.

„Schluss mit der Wildwasserfahrt. Jetzt haben wir wieder Ententeich", sagte Eske und nahm Christine ihre Segeljacke ab. Hier, im Schutz der Insel und im ruhigen Fahrwasser war alles still, warm und friedlich.

„Wie schnell sich alles ändert", wunderte sich Christine.

Das fanden Eske und Hans-Dieter auch. Obwohl sie beide von Kindesbeinen an im Wattenmeer unterwegs waren, hatten sie das Staunen darüber nie verlernt.

Eine Stunde später hatte die *"Hope of Zegen"* Wangerooge Ost erreicht. Eine eigentümliche Stimmung ging von diesem verlassenen und einsamen Flecken aus. Die ersten Sandbänke und alte, zerfallene Pfähle ragten aus dem Wasser. Möwen kreisten über ihnen. Auf einer der Bänke lagen Seehunde, dösten faul in der Sonne und blickten mit ihren schwarzen Kulleraugen neugierig zu der *"Hope of Zegen"* herüber.

Drei nebeneinander gesteckte Pricken markierten den Anfang des Wangerooger Wattfahrwassers. Eske blickte auf das Echolot: 2,20 Wassertiefe. Das sah nicht schlecht aus. Die *"Hope of Zegen"* hatte einen Tiefgang von 1,30 m. Wenn alles glatt ging, sollten sie es noch über den *hohen Rücken*, der flachsten Stelle des Fahrwassers schaffen.

Eske verließ den Ruderstand und begab sich wieder auf das Vorschiff.

An den Mast gelehnt kauerte Madita. Sie hatte die angezogenen Knie mit ihren Armen umschlungen und starrte unverwandt auf das Wasser.

„Hi", sagte Eske. „Schöner Abend, oder?"

„Schöner Abend, schöner Abend" äffte Madita sie nach. „Ich hasse schöne Abendstunden!"

„Bist nicht gut drauf, was?" stellte Eske fest und hockte sich neben sie. „Nervt dich hier alles? Wie alt bist du denn eigentlich?"

„Hundert Jahre jünger als die ganzen Gramusel hier!"

„Oder Hundertfünfzig!" Eske lachte.

„www.alles-Scheisse.de" sagte Madita und musste jetzt auch etwas lachen. „In einem Jahr und zwei Wochen bin ich schon sechzehn."

„In einem Jahr und zwei Wochen bist du sechzehn. Schon", wiederholte Eske langsam. „Kein leichtes Alter. Und wie kommst du unter diese Leute hier an Bord?"

„Mama ist voll auf dem Eso-Trip", brach es aus Madita heraus. „Sie meinte, hier könnte ich lernen, zu mir zu finden. Sie steht total auf diesen Guru."

„Und du? Wie findest du ihn?", erkundigte sich Eske.

„Ätzend! Wie der mich immer anglotzt!"

„Na ja, du läufst hier an Bord ja auch ganz schön aufreizend rum. Nicht gerade die übliche Segelkleidung."

„Gefällt's dir?", fragte Madita. „Als zukünftige Journalistin muss man auf sein Äußeres achten."

„Journalistin willst du werden", antwortete Eske anerkennend. „Ein interessanter Beruf. Worüber möchtest du denn schreiben?"

„Über tolle Leute. Über Schauspieler, Erfinder, Schlagerstars. Und über Kinder im Heim."

Eske verspürte einen Stich in der Brust. Von Anfang an hatte sie geahnt, dass irgendetwas sie mit diesem trotzigen Teenie verband. „Kinder im Heim", sagte sie leise und vorsichtig, „die haben es bestimmt sehr schwer. Wie gut, wenn jemand über sie berichtet. Man weiß viel zu wenig."

„Es ist die Hölle. Nichts darf man. Keiner liebt dich wirklich. Hab ich gehört."

Den letzten Satz hatte Madita hastig hinterhergeschoben. „Ich war auch als Kind im Heim", sagte Eske langsam. „Vom dritten bis zum siebten Lebensjahr. Hab lange nicht mehr daran gedacht. Aber der Schmerz ist immer noch da."

Madita blickte sie lange an. Dann rückte sie etwas zu der erwachsenen Frau neben ihr und lehnte sich an sie an.

„Der Abend ist wirklich schön", sagte Madita und schluckte. Auch Eske musste sich mit dem Ärmel über die Augen reiben und eine Träne wegwischen. Die salzige Abendbrise reizte eben doch die Schleimhäute!

Hans-Dieter Bindestrich musste sich über sich selbst wundern. Dass Frauen auf einem Schiff nichts zu suchen hatten, war jedem vernünftigen Seemann bekannt. Als er als 14-jähriger Junge seine erste Heuer als Moses antrat, hatte es so etwas nicht gegeben. Mit mehreren hatten sie in einer Gemeinschaftsunterkunft auf dem Vorschiff gehaust. Wer nicht spurte oder seine Arbeit nicht richtig machte, bekam gehörig Ärger mit dem Altmatrosen. Auch Ohrfeigen hatte es gesetzt, und die hatten niemandem geschadet. Das Essen war karg gewesen, und wenn sie nach langem Seetörn in einem Hafen ankamen, zogen sie als Gang los. Schlägereien in den Spelunken gehörten zur Tagesordnung. Der alte Bootsmann fühlte gedankenverloren mit dem Finger über die Zähne. Wo hatte er nochmal seinen halben Schneidezahn eingebüßt? War es in Casablanca gewesen? Oder Port Said? Egal, irgendwo in Westafrika hatte sich ein irischer Sailor geweigert, den Bindestrich von Hans-Dieters Namen mit-zusprechen. Dabei hatte er dem Herrn *dreimal* sehr höflich erklärt, dass er Hans-Dieter Bindestrich - mit Bindestrich - hieße. Und dass er für nichts garantieren könne, wenn man den Bindestrich immer wieder unter den Tisch fallen lässt! Nach der Schlägerei hatten sie sich umarmt und zusammen gesoffen, bis sie aus der Kneipe flogen. Schöne Zeiten waren das gewesen, damals.

Heute war ja alles anders. Frauen studierten Nautik und wurden Offiziere, ohne jemals das Leben unter der Back kennengelernt zu haben. Das konnte nicht gut sein!

Mit Eske hatte der alte Seebär eine Woche nicht gesprochen, als sie ihm als Skipperin vor die Nase gesetzt wurde. Erst als sie die *"Hope of Zegen"* unerschrocken durch ein schlimmes Gewitter gesteuert hatte, wurde er milder gestimmt. Flüche hatte sie ausgestoßen, als die Böen einfielen, die kannte noch nicht einmal er! Und da-bei hatte das Mädel vorher fünf Semester Theologie studiert. Sachen gab es…

Auf Eske ließ er inzwischen nichts mehr kommen. Und sein Zorn über Christine begann auch schon zu ver-rauchen. In dieser Aufmachung an Bord aufzukreuzen, *war* natürlich eine Unmöglichkeit!

Christine hatte ihm erzählt, dass sie gebürtige Ungarin sei. Wenn sie so herrlich das „R" rollte, konnte es einem alten Seemann ganz anders werden. Sie musste in ihrem Leben schon ein paar dolle Dinger gedreht haben. Von

Kindererziehung schien sie allerdings keine Ahnung zu haben. Es war ja wohl unmöglich, wie sie sich von ihrer Tochter, diesem schrillen Teenie-Girl, auf der Nase herumtanzen ließ! Da fehlte eindeutig ein Mann im Hause, der mal eben verschiedene Dinge klarstellte.

Hans-Dieter Bindestrich beobachtete anerkennend, wie die schöne Ungarin sich am Ruder abmühte. Die alte, mechanische Steueranlage war aber auch schwer zu bedienen, gerade für eine Frau! Jetzt spritzte Gischt herüber, Christine lachte und wischte sich das Salzwasser aus dem Gesicht. Natürlich musste er ihr sehr viel erklären - über das Schiff, die Gezeitenströme, die Prickenwege und die Tide.

Leider wurden seine Vorträge durch den Guru unterbrochen. Boris hatte sich inzwischen umgezogen und trug jetzt ein weißes Flattergewand. Dann wagte es der Kerl noch, dicht an Hans-Dieter Bindestrich heranzutreten und ihm seine schlaffe Hand auf die Schulter zu legen.

„Wie wundervoll", rief der Guru aus. „Das Wasser, der Himmel, das ganze Universum. Das ist die Erdung, die wir so dringend brauchen und nach der wir immer suchen. Darf ich auch mal ans Steuer?"

„Tja", machte Hans-Dieter Bindestrich was so viel bedeutete wie: Das heißt nicht Steuer, sondern Ruder. Und das Ding, wo du mit deinen Patschhändchen anfassen musst, ist das Ruderrad, du Schwuchtel. Ich weiß ja nicht, ob du der richtige bist, um unser Schiff zu steuern.

Aber Christine hatte dem Guru schon das Ruder abgetreten. Hans-Dieter Bindestrich wies den Erweckungsjünger knapp in den Kurs ein und erklärte ihm, dass er die Pricken an Steuerbord liegen lassen müsse.

„Klar?", beendete er seine Ausführungen und das war mehr eine Feststellung als eine Frage.

Die wortreiche Entgegnung des Meisters bekam der Bootsmann nicht mehr mit, denn Christine hatte noch einige wichtige Fragen an ihn. Hans-Dieter setzte sich zu ihr auf die Backskiste. Als er gerade an einer besonders spannenden Stelle der Geschichte über seine erste Kap-Hoorn-Umrundung angelangt war, ging ein Ruck durch das Schiff. Alles rutschte ein Stück nach vorne. Die Heckwelle rauschte an ihnen vorbei. Nichts ging mehr: Sie waren aufgelaufen!

Hans-Dieter Bindestrich schrak hoch. Da war der Dussel doch tatsächlich an der falschen Seite der Pricken gefahren!

Die „*Hop of Zegen*" ruckelte noch etwas hin und her und schob sich im Takt der Wellen weiter auf die Untiefe. Bei ablaufendem Wasser und achterlichem Wind gab es keine Chance, vor der nächsten Flut wieder freizukommen. Nach wenigen Minuten lag das Schiff völlig fest - „hoch und trocken", wie die Leute an der Küste sagen. Keine Macht der Welt konnte an diesem Zustand etwas ändern.

Das Wasser fiel schnell. Schon konnte man Teile des rot gestrichenen Unterwasserschiffes auftauchen sehen. Unerreichbar befand sich die Insel Wangerooge nur wenige Seemeilen vor ihnen.

Eske fluchte. Die Reise stand unter keinem guten Stern. Wie konnte der Bootsmann sich nur von der schönen Christine so ablenken lassen? Warum hatte er auf den Guru nicht besser achtgegeben und zugelassen, dass dieser das Schiff auf Sand setzte?

Eine Horde von Verrückten, und sie trug die Verantwortung!

Die Dunkelheit brach an. Eine leichte Abendbrise wehte vom Festland herüber und brachte die Takelage des Segelschiffes zum Singen. Auf der Insel und auf dem Festland gingen die ersten Lichter an. Im Westen schickte der Leuchtturm von Wangerooge seine Lichtkegel über das Watt.

„Soll richtig geile Restaurants geben auf Wangerooge", maulte Madita. „Und wir hängen hier im Schlick fest. Tolles Event!"

„Es ist, wie es ist", antwortete der Guru und breitete auf dem Vorschiff die Arme aus, wobei sein Gewand im Wind wehte und ihm das Aussehen von Jesus am See Genezareth gab. Von einem schlechten Gewissen schien er nicht gerade geplagt zu sein. „Eine gute Gelegenheit, den engen Kontakt zu deinem inneren Ich zu bekommen", rief er in den Wind. „Eine Chance, hinderliche Glaubenssätze und Suggestionen zu transformieren. Verwandele sie in positive Energie! Übrigens habe ich auch tierischen Kohldampf; was gibt es denn eigentlich zu essen?"

Das war das richtige Stichwort: In solchen Situationen hängt alles vom Smutje ab. Mit einem vernünftigen Essen im Bauch sieht die Welt schon wieder anders aus.

Eske suchte ihren Bootsmann. Endlich hatte sie ihn entdeckt. Was machte der Bursche sich nur so rar?

„Backschaft, Hans-Dieter", rief sie. „Bereite das Abendessen vor. Wir haben alle Hunger!" Bei allem Ärger über das unvorhergesehene Auflaufen konnte ein Essen auf dem Watt an der frischen Luft ein Hochgenuss sein.

„Tja", sagte der Bootsmann, drehte sich wie ein Ballettmädchen hin und her und betrachtete versonnen die schwarzen Ränder unter seinen Fingernägeln. „Immer essen soll gar nicht gut sein…"

Eske, die gerade eine Leine aufschoss, sah verwundert auf. „Was ist denn in dich gefahren?" So kannte sie den alten Seebären überhaupt nicht.

„Hab ich gehört", murmelte der. Man musste sich konzentrieren, um ihn überhaupt zu verstehen.

„Spinn nicht rum!", beschied ihn Eske. „Essen hält Leib und Seele zusammen, das weiß doch jedes Kind. Also los!"

„Soll aber das Bewusstsein erweitern. Das Fasten." Hans-Dieter Bindestrich war jetzt noch leiser geworden, flüsterte fast und sah den Guru beifallsheischend an.

Der war froh, dass er nach seinem schwerwiegenden Navigationsfehler überhaupt noch wahrgenommen wurde und hob zu einem längeren Vortrag an. Aber weil die Askese nie sein persönlicher Weg gewesen war, schloss Boris mit den Worten: „Unser Seminar hat ja noch gar nicht begonnen. Und deshalb - so denke ich - sollten wir den heutigen Abend nicht mit einer Fastenzeremonie begehen. Wir sollten vielmehr unser Magen-Qi wärmen, und zwar mit einer guten, wohlschmeckenden Mahlzeit."

Damit hatte er die Stimmung der Crew gut getroffen. Alle blickten erwartungsvoll auf Hans-Dieter Bindestrich, der als Bootsmann auch die Aufgaben des Smutjes zu übernehmen hatte.

„Also", begann der und vermied es, jemandem in die Augen zu schauen, „da gibt es vielleicht ein klitzekleines Problemchen."

„Was ist los?", bohrte Madita. „Spuck's aus, Opa!"

„Na, ja, also wenn ich ganz genau darüber nachdenke, könnte es sein, dass ich die Einkaufsboxen mit den

Lebensmitteln ein klitzekleines bisschen an Land stehengelassen habe. Nur vorübergehend, versteht sich."

„Du hast was?", fragte Eske entsetzt.

Und dann musste dem alten Bootsmann mühselig eine Geschichte aus der Nase gepult werden, in denen Ereignisse wie: *Taschen so schwer, mein Rücken, Kneipe zur weißen Möwe geöffnet, zwei kleine Bierchen getrunken (oder waren es drei gewesen?), möglicherweise eventuell dann doch die Taschen stehengelassen* die markanten Eckpunkte waren.

Eske starrte ihn fassungslos an. Da saß sie mit einer Gruppe von Eso-Jüngern auf einer Sandbank vor Wangerooge-Ost fest, weil der Herr Bootsmann mit der flotten Christine herumgeschäkert hatte, statt zu verhindern, dass der Guru das Schiff auf die Sandbank setzte und jetzt hatte er auch noch im Suff den Provianteinkauf versiebt. „Du bist gefeuert! Ab sofort! Wegen Unfähigkeit, Unzuverlässigkeit und Suff! Hau auf der Stelle ab!"

Hans-Dieter Bindestrich zog den Kopf ein. „Aye aye, Sir", brummte er. „Nur mit dem Abhauen wird's momentan etwas schwierig." Sein Blick schweifte über das Watt, wo die Schlickberge in die Höhe wuchsen. Einige Möwen umkreisten kreischend das Schiff. In den Prielen sammelte sich der Ebbstrom. Irgendein Magen knurrte vernehmlich. Niemand lächelte mehr. Handgreiflichkeiten lagen in der Luft. Beim Essen hörte der Spaß auf! Jutta Starenberg-Krollmann packte das Bürschlein am Schlafittchen. Die Crew rückte dem Tunichtgut bedrohlich näher und wer weiß, was noch alles passiert wäre, hätte in diesem Moment nicht ein Ruf vom Vorschiff erklungen: „Freunde, haltet ein!"

Alles blickte auf Boris, den Erwecker und Gruppenleiter, der in seinem Flattergewand nach achtern stakste.

„Wenn du dich dabei ertappst, in einer ausweglosen Situation zu sein, halte ein! Ausweglose Situationen existieren nur zwischen deinen Ohren!"

Solch einen Blödsinn hatte die Crew noch nicht gehört. Der Zorn verlagerte sich vom Bootsmann auf den Guru. War er nicht letztlich für alles verantwortlich?

„Von dem dämlichen Gequatsche wird mein Magen nicht voll!", schnauzte Kalle. Als schwer arbeitender Handwerker war er es gewohnt, dass das Essen Punkt sechs auf dem Tisch stand. Spätestens fünf nach sechs.

„Vielleicht haben wir ja eine Angel an Bord und die Natur selbst löst unser Problem", rief Boris.

Das war, so fand Eske, ja doch mal eine gute Einlassung des großen Meisters gewesen - Esoterik hin, Esoterik her. Eine Angel! Dass sie nicht selbst darauf gekommen war!

„In der Backskiste an Steuerbord müsste eine Angel sein. Sieh mal nach."

Boris kramte in der Backskiste. Und tatsächlich fand er unter allerhand Plunder eine Angelrute mit Sehne und Haken. Triumphierend hielt er seine Fundstücke in die Runde.

Die Wassertiefe betrug jetzt nur noch einen Meter. Die ersten Schlickhügel tauchten auf. Der Ebbstrom hatte mit voller Kraft eingesetzt. Noch eine knappe Stunde würden sie die Angel benutzen können, bis das Wattenmeer sich vollends in eine Schlickwüste verwandelte

Plötzlich ertönte ein unterdrückter Schmerzensschrei. Der Guru hielt sich die rechte Hand. Sein weißes Hemd färbte sich von heruntertropfendem Blut rot. In der Hand steckte ein großer Angelhaken. Boris hatte ihn sich quer durch die Handfläche gerammt.

Die anderen stützten den Guru und brachten ihn zu einer Bank. Er war leichenblass und kaltschweißig. Der Angelhaken steckte fest im Fleisch. Bei jedem Pulsschlag machte das Ding eine kleine, nickende Bewegung. Wahrscheinlich befand es sich in unmittelbarer Nähe einer großen Schlagader.

Eske wurde übel. Die Augen der gesamten Crew waren auf sie gerichtet. Die Versorgung von Kranken und Verletzten an Bord ist Sache des Kapitäns, wenn kein Arzt in der Nähe ist. Das aber brachte sie nicht fertig. Sie konnte einfach kein Blut sehen. Alles, bloß nicht das!

Nichts passierte, nur der Angelhaken zuckte weiter im Takt des Herzschlags

Christine kam als erste wieder in Bewegung. Sie holte den Werkzeugkasten und eine Schnapsflasche. Christine goss Eske ein großes Glas ein. „Da, trink!"", kommandierte sie. Dann boxte sie Eske schmerzhaft in die Rippen. „Runter mit dem Schnaps, keine Widerrede! Und danach tust du einfach, was getan werden muss." Ein zweites Glas bekam der Guru eingeflößt. Dann kramte Christine einen Seitenschneider aus dem Werkzeugkasten hervor.

„Nein, nicht den Finger amputieren" flehte der Guru voller Panik.

„Dummkopf!"", schalt Christine ihn und presste den Kopf des Gurus an ihren Busen, was dem Guru den Blick auf das Operationsgebiet verstellte und sein Gestöhne wirkungsvoll dämpfte. „Eske wird jetzt die Spitze des Angelhakens abkneifen, sonst bekommen wir ihn nicht heraus."

„Ich kann das nicht, ich kann kein Blut sehen", stammelte Eske.

„Du kannst es, du bist die Skipperin" kommandierte Christine.

Eske fühlte Panik in sich aufsteigen. Aber es stimmte: Sie war die Skipperin. Es war ihr Job. Die Hände zitterten. Der Seitenschneider flatterte in ihrer Hand, als sie sich dem Angelhaken näherte. Sie nahm die zweite Hand zur Hilfe, aber der Seitenschneider wackelte wie ein Lämmerschwanz. Durch ihre unkontrollierten Bewegungen wühlte der Angelhaken im Fleisch und riss die Wunde weiter auf. Blut spritzte aus der Verletzung. Eske schloss die Augen und drückte den Seitenschneider zusammen, aber der Angelhaken hielt stand. Der Guru stöhnte vor Schmerzen in der Tiefe von Christines Busen. „Los!", befahl Eske sich selbst. Nach einer übermenschlichen Kraftanstrengung gab es endlich ein befreiendes „Knack" und die Spitze des Angelhakens flog abgetrennt auf den Schiffsboden.

Eske war kurz davor, sich zu übergeben. Ihr Puls raste, ihre Kehle brannte. Der Rest des Angelhakens stak noch im Fleisch und zuckte bei jedem Herzschlag. Eske zog vorsichtig daran. Nichts rührte sich. Der Guru jammerte.

„Du musst kräftig daran ziehen" kommandierte Christine und verteilte eine weitere Runde ihres Schmerzbekämpfungs- und Beruhigungsschnapses.

Und so kam es, dass Eske tom Dijk die panische Angst vor Blut und Verletzungen zum ersten Mal in ihrem Leben überwand und mit einer kraftvollen, unnachgiebigen Bewegung den Angelhakenrest aus dem Fleisch des Gurus entfernte. Im Verbandkasten fanden sie noch einige Kompressen und Binden und versorgten die Wunde. Dann war es vollbracht. Erschöpft sanken der Guru und Eske auf die Bank und schliefen für einen Moment ein. Niemand wusste so genau, ob es nun an der Anstrengung oder an Christines hochprozentigen Anästhesie-Drinks gelegen hatte. Und obwohl der Guru und Eske sich bis zu diesem Zeitpunkt nicht hatten ausstehen können, schmiegten sich ihre Köpfe im Schlaf zart aneinander. Christine holte eine Decke und wickelte sie darin ein. „Na, das ist doch mal artgerechte Haltung" meinte sie und gab jedem einen Kuss auf die Stirn.

Einige Zeit später hatte die Crew die Teile der Angel zusammengesteckt, die Angelleine entwirrt und einen neuen Haken angeknotet. Statt eines Köders fixierten sie einen Löffel an der Leine. Madita hielt die Rute ins Wasser und bewegte die Angelsehne langsam hin und her. Der Löffel blinkte in der Tiefe. Lange Zeit passierte gar nichts, dann aber ruckte die Schnur.

An der Angel zappelte eine Makrele. „Ich kann sie nicht totmachen", jammerte das Mädchen und wollte den Fisch wieder ins feuchte Nass zurückbefördern. Aber da hatten Kalle und Thomas schon übernommen. Sie schlachteten den armen Fisch und warfen den Angelhaken erneut über Bord. Innerhalb von kurzer Zeit fingen sie mehrere Fische. Karin stellte die Pfanne auf den Petroleumkocher und ein leckerer Duft zog durch das Schiff. Es fanden sich sogar noch etwas Brot, Kräuter und Gewürze sowie drei Flaschen Chardonnay aus dem Sonderangebot des Discounters in Horumersiel.

Von Minsener Oog nach Wangerooge

Eske reckte sich in der Koje. Sie blickte auf ihre Uhr: kurz nach fünf Uhr am Morgen - spät für ihre Verhältnisse, denn sie liebte das zeitige Aufstehen. Morgens, bei klarer Luft waren auch die Gedanken klar. Alles war sauber, so unverfälscht. Sie lauschte: Leise orgelte der Wind in der Takelage. Irgendwo schlug eine Leine gegen den Mast. Der Rest der Crew schlief noch. Aus der Vorpiek war lautes Schnarchen zu hören. Ein Duett. Den Klang des einen Schläfers kannte sie nur zu gut: Eindeutig war es Hans-Dieter Bindestrich, der da den Regenwald des Amazonas abholzte. Tiefe, sonore, ehrliche Brummgeräusche drangen aus seinem Brustkorb, hin und wieder von einer kleinen Pause und einem leisen Schmatzen unterbrochen. Von der anderen Seite des Schiffes bekam der alte Matrose akustische Unterstützung. An Steuerbord ertönte ein aggressives, militärisches, energisches Schnarchen. Es begann leise, steigerte sich dann in ein Staccato, erreichte seinen Höhepunkt in einem scharfen „Jam-Jam-Jam" und mündete in einer nicht enden wollenden Atempause. Dann, nach langen, sorgenvollen Sekunden setzte mit einem zarten Schnarchlein endlich der Zyklus erneut ein.

Eske schmunzelte. Es war Frau Jutta Starenberg-Krollmann, die das Schiffsgebälk zum Vibrieren brachte.

Wie schön! Gestern Abend hatte es noch einen heftigen Streit zwischen ihr und dem Bootsmann gegeben, mit lauten Worten und Türenknallen, was an Bord gar nicht geht. Und nun schnarchten sie unisono in den grauen Morgenhimmel hinein.

Eske quälte sich aus dem wohligen Mief des Schlafsackes. Leise schlüpfte sie in ihre Jeans, zog den kratzigen Troyer über und schlich barfüßig an Deck.

Es war noch frisch an diesem Morgen. Der Tau hatte das Teakdeck des Schiffes mit Feuchtigkeit durchtränkt. Auf den lackierten Holzteilen des Deckaufbaus standen Wassertropfen. Der Fleugel, die langgezogene, dreieckige Windfahne ganz oben auf der Mastspitze, bewegte sich träge vor Nässe in der schwachen Morgenbrise. Einsam lag die *„Hope of Zegen"* in der Schlickwüste des Watts.

Das Watt lebte. Der Boden schmatzte. Unzählige Wattwürmer produzierten kleine Häufchen. Muscheln gruben sich ein und spien kleine Fontänen aus, wenn ihre Weichkörper sich zusammenzogen. Krebse rannten aufgeregt in den Pfützen umher, seitwärts, weshalb sie von den Küstenmenschen „Dwarslöper" genannt werden. Es war dämmerig, wurde schon langsam hell. Die Lichtblitze des Wangerooger Leuchtturms verblassten langsam.

Eske seufzte tief, voll schöner Schwermut. Morgens, wenn alles noch schlief, hatte sie Zeit und konnte sich dem heilsamen Rhythmus von Ebbe und Flut, von Kommen und Gehen einfach hingeben.

Unten im Schiff rumorte es. Gleich würde es mit der Ruhe vorbei sein. Einer der Teilnehmer - hieß er nicht Thomas? - steckte seinen Kopf durch die Luke und atmete die würzige Luft tief ein. „Herrlich", rief er. Und noch einmal: „Herrlich…". Dann entdeckte er Eske. Er krabbelte aus dem Niedergang und setzte sich zu ihr.

Thomas trug noch sein Nachtgewand, eine weite Schlafanzugjacke, die mit bunten Teddys verziert war und die durch seinen Bauch beachtlich vorgewölbt wurde. Dazu eine türkisfarbene Schlafanzughose. Den Knopf vorne hatte Thomas durch ein verstellbares Bändchen ersetzt. Der Hosenschlitz darunter klaffte etwas. Der ganze Mensch strahlte eine freundliche Bettwärme aus.

Die beiden saßen nebeneinander, schwiegen und schauten. In der Ferne rumpelte die Inselbahn im Fußgängertempo über Wangerooge und tutete gewichtig. Dann erschraken sie fast über ein lautes Rauschen: Ein Vogelschwarm zog dicht über das Schiff, teilte sich, vereinigte sich wieder und fegte in einem wilden Tanz flach über das Watt.

Von Süden her lief jetzt das Wasser auf. Die Priele und die Minsener Balje füllten sich. Schreiend liefen die Seevögel an der Wasserkante entlang. Langsam erreichte die Flut das Schiff. Kleine Wellen schlugen klangvoll gegen den noch festliegenden Bootskörper. Nach kurzer Zeit war die „Hope of Zegen" ringsum von Wasser umgeben. In einer knappen Stunde würde sie wieder schwimmen.

„Wunderschön", hörte sie Thomas andächtig staunen. Und dann, in anderem Tonfall: „Warte mal." Thomas erhob sich mit leichtem Stöhnen, verschwand in der Kajüte und kehrte mit mehreren Plastikbehältnissen zurück. „Man nennt mich nicht umsonst Tupper."

„Tupper?", fragte Eske erstaunt.

„Tupper. Denn ich gehe nie ohne eine Reserve an etwas gutem Essbaren außer Haus. Und das hier", sagte er mit schuldbewusstem Blick, „hab ich gestern in dem ganzen Stress wohl völlig vergessen."

Thomas öffnete die Deckel seiner namensgebenden Dosen und bot den köstlichen Inhalt an: Kräcker mit Bärlauch-Pesto, kleine kross gebratene Frikadellen, Sticks von Manchego-Käse mit Cherrytomaten, ein Stück Räucherlachs. „Du Halunke", entfuhr es Eske, „und das hast du gestern, als es fast eine Meuterei wegen Hungersnot gab, einfach unterschlagen?"

„Sollte nur für uns sein", gab Tupper schuldbewusst zu. Eske boxte ihm kraftvoll in die Rippen. Dann aber griff sie beherzt zu. An der frischen Luft schmeckte einfach alles gut, selbst schlechte Lebensmittel. Aber - erlesene Köstlichkeiten zu verspeisen, mit Blick auf die kommende Flut und gemeinsam mit einem Menschen, der auch mal schweigen konnte - das war mehr als gut, das war eine Offenbarung. Und der wollte sie sich nicht entziehen.

Der Wasserspiegel stieg schnell. Nach einer Viertelstunde begann das Schiff etwas zu schaukeln, schwamm auf und schwoite an der Ankerkette in die Flutströmung. Aus einem unbeweglichen Klotz Holz war ein bewegliches Schiff geworden.

Hans-Dieter Bindestrich kam, mit einem großen Becher Kaffee bewaffnet, an Deck, kratzte sich am strubbeligen Kinn und prüfte mit einem Blick nach oben den Wind. Perfekt! Eine leichte südöstliche Brise würde sie ohne Probleme nach Wangerooge bringen.

Die drei machten ohne viele Worte die *„Hope of Zegen"* seeklar, hievten den Anker und setzten die Segel. Langsam nahm das alte Schiff Fahrt auf. Gemütlich segelten sie jetzt vom Ostteil der Insel nach Westen, wo der Hafen der Insel liegt.

Der Rest der Crew war nach und nach erwacht, hatte sich aus den Kojen gequält. Die Menschen hingen mit

Tee- oder Kaffeetassen in der Hand herum und schwatzten. Nur Madita stand seit langem einsam an der Heckreling und starrte stumm auf das Kielwasser.

Wenig später legte die *„Hope of Zegen"* am Bollwerk in Wangerooge an. Die Crew zerstreute sich auf der Insel, erst am frühen Abend sollte das Seminar beginnen.

Gegen sechs Uhr abends versammelten sich die Seminarteilnehmer in einer Kuhle unterhalb der Dünen. Eske entdeckte sie, als sie mit ihrem Fahrrad den Deich entlangfuhr. Sie hielt an. Neugierig näherte sie sich der Gruppe, die sich im Kreis auf dem Sand niedergelassen hatte.

„Auch wenn wir noch nicht vollzählig sind, sollten wir jetzt mit unserem Workshop beginnen", hörte sie Boris sagen. „Ich möchte euch ganz, ganz herzlich willkommen heißen und wünsche euch und mir eine gute und intensive Zeit. Bitte konzentriert euch auf eure Sinne. Was seht ihr? Was riecht ihr? Was hört ihr? Was spüren eure Hände, wenn sie auf dem Sand dieser wunderbaren Insel Norderney ruhen?"

„Norderney liegt fünfundzwanzig Meilen weiter westlich", knurrte Eske vor sich hin. „Wir sind auf Wangerooge." Dieser Boris war wirklich das Allerletzte. Es hatte sie aber niemand gehört.

Boris kramte in einer lilafarbenen Umhängetasche und förderte einen bunten Ball zutage. „Wir wollen uns jetzt näher kennenlernen. Wer den Ball fängt, sagt seinen Namen und erzählt, was er für Erwartungen an unsere gemeinsame Zeit auf dem Schiff und an der Nordsee hat. Wo ist eigentlich", entfuhr es ihm dann, „die nette Kleine mit den roten Haaren, diese Marita?"

„Meine Tochter heißt Madita", stellte Christine sichtbar genervt fest. Nervös nestelte sie sich eine Zigarette aus dem Etui und versuchte, sie trotz des Windes anzustecken. Es glückte erst, nachdem Boris die Flamme des Feuerzeugs vor dem Wind schützte. Sie nahm einen tiefen Zug aus der Zigarette. „Und wo sie abgeblieben ist, weiß ich leider auch nicht."

„Verschwinden kann sie hier auf der Insel ja nicht", beruhigte sie Boris. „Wir fangen jetzt an." Er hob den Ball und warf ihn in die Richtung von Christine. Eine kleine Windbö erfasste das Flugobjekt und es traf Jutta am Kopf, die gerade ihr Kostümchen zurechtrückte und sich missmutig den Sand aus den Schuhen klaubte. Die Sonnenbrille rutschte ihr von der Nase und ihre Haare sahen merkwürdig verschoben aus. Trug sie etwa eine Perücke?

Eske hielt auf ihrem Beobachtungsposten die Luft an. Das sah nach Stress aus.

„Ich", schnauzte die energische Dame zurück, „heiße Starenberg-Krollmann. Jutta Starenberg-Krollmann. Ich bin Lehrerin. Erdkunde und Geschichte. Und wagen Sie es nicht, mir nochmal solch ein Ding an den Kopf zu werfen."

Eske machte sich näher an die Gruppe heran. „Und was", hörte sie Boris säuseln, „was hat dich, liebe Jutta bewogen, an unserem Seminar ‚Leben im Hier und Jetzt' teilzunehmen?"

„Habe ich gewonnen. Ich bin nämlich Pädagogin des Jahres im Kreis Mainz-Bingen geworden. Zweimal war ich sogar im Fernsehen, in der hessischen Abendschau. Allerdings", und jetzt entdeckte sie Eske und warf ihr einen strengen Blick zu, „habe ich mir das alles etwas anders vorgestellt. Meine zwei bisherigen Schiffsreisen mit der Aida im Mittelmeer und mit der Prinzregent Ludwig auf der Donau ..."

„Danke, liebe Johanna", unterbrach sie Boris sanft. „Sehr interessant. Wirf den Ball ruhig weiter, wir wollen auch die anderen Teilnehmer kennenlernen."

„Jutta heiße ich", schnauzte Frau Starenberg-Krollmann zurück und schleuderte den Ball wütend in die Runde. „Ein paar Namen sollte man sich schon merken können. Auch wenn man erleuchtet ist." Der Ball traf Christine, die gerade in ihrer Handtasche kramte. „Ich bin Christine", gab sie bekannt und arbeitete sich zugleich in die Tiefen ihrer Damenhandtasche vor. „Aber das wisst ihr ja schon. Und ich kann mein verfluchtes Handy nicht finden." Sie kippte den Inhalt der Tasche in die Dünen. Puderdöschen, zwei Lippenstifte, unzählige Notizzettel, ein Stadtplan von Rom, das Taschenbuch „Worte des Dalai-Lama", ein Klappmesser, einige Hundeleckerlies, Tempotaschentücher, ein kleiner Spiegel und eine Schachtel Kondome landeten im Sand. Ganz zum Schluss erschien ein pinkfarbenes Handy. Christine griff danach, wischte den Sand vom Display und stöhnte: „Natürlich. Wieder einmal der Akku leer. Dabei hatte ich es doch erst neulich aufgeladen."

„Hier brauchst du kein Handy", klärte Boris sie sanft auf. „Du bist hier, du bist im Jetzt, du sitzt auf diesem Boden und teilst deine Energie mit anderen Menschen, mit uns. Was willst du mit einem Handy?"

Christine legte den Ball auf ihre geöffnete Hand und schien in ihn hineinzusehen, wie in eine Zauberkugel. Dann sagte sie langsam, mehr zu sich selbst als zu den anderen im Kreis: „Ich mache mir Gedanken um meine Tochter. Ich weiß nicht, wo Madita ist."

Eske trat hinter der Düne hervor und ging auf die Gruppe zu. „Hallo", sagte sie, „ich habe mitbekommen, worüber ihr gesprochen habt. Mach dir keine Sorgen,

Christine, hier auf der Insel kann nichts passieren. Aber wenn du magst, gehe ich mit dir deine Tochter suchen."

Christine nahm einen tiefen Zug aus ihrer Zigarette, warf dem Guru einen langen Blick zu, drückte die Kippe im Dünensand aus und erhob sich. „Danke", sagte sie und kickte den Ball mit einer kleinen, schnellen Fußbewegung Boris gegen die Brust, wo er mit einem lauten Ploppen gegen dessen Indianer-Amulett prallte. „War mal Libero", raunte sie Eske zu, die sich schnell abwenden musste, um ihr Lachen zu verbergen.

Eske und Christine gingen schweigend nebeneinander auf dem schmalen Pfad durch die Dünen. Das Gespräch kam nur stockend in Gang. „Schön hier", sagte Christine, japste nach Luft und lief mit großen Schritten voran. Obwohl sie modische rote Pumps trug, war sie dermaßen schnell, dass Eske kaum hinterherkam. „Die kann etwas erleben, wenn sie wiederauftaucht", schnaubte sie. „Das geht ja wohl gar nicht - einfach so zu verschwinden. Und was ist das eigentlich für ein blöder, hässlicher Turm hier?"

„Das ist der Westturm", antwortete Eske. „Er ist vor zweihundert Jahren erbaut und im Ersten Weltkrieg abgerissen worden. In den fünfziger Jahren haben Sportvereine ihn wiederaufgebaut. Heute ist eine Jugendherberge darin untergebracht."

„Sieht unmöglich aus. In einer Jugendherberge brauchen wir nach meinem Fräulein Tochter nicht zu suchen. Madita hasst Jugendherbergen. Gibt es hier eigentlich eine Disco?"

„Eine Disco nicht, aber einen Bierkeller, wo öfters Musikgruppen spielen. Der ist im Inseldorf."

Christine eilte weiter voran. „Sie kann etwas erleben", zischte sie wieder. „Wahrscheinlich treibt sie sich wieder

mit irgendwelchen halbseidenen Typen, mit Drogen-
dealern und Mädchenhändlern herum."

„Warum", fragte Eske ratlos „bist du eigentlich so
streng mit ihr?"

„Weil sie so viel Mist baut in ihrem Leben. Sie kann
kein bisschen Verantwortung übernehmen. Und", das
kam kaum hörbar hinterher, „sie hat Diabetes."

„Was?", schrie Eske entsetzt. „Sie ist zuckerkrank?
Und das sagst du jetzt?"

„Ja, sie hat Diabetes. Und ich weiß, dass sie die Blut-
zuckerbestimmungen nicht durchführt. Die Behälter mit
den Teststreifen sind alle ungeöffnet."

„Heißt das", fragte Eske fassungslos „dass sie
möglicherweise bewusstlos in den Dünen liegt?"

„Na, ja, man kann es nie ganz ausschließen, aber bis
jetzt ist es immer gut gegangen."

„Wie konntest du mir das verschweigen? Ich bin die
Skipperin! Ich hätte es unbedingt wissen müssen."

Christine blickte schuldbewusst. „Ich weiß. Aber ich
musste Madita hoch und heilig versprechen, nichts davon
zu erwähnen. Außerdem - wer weiß, ob du uns überhaupt
mitgenommen hättest."

„Ich fasse es nicht", sagte Eske wieder. „Diabetiker
müssen immer, ich wiederhole: immer eine Schwimmweste tragen. Das hättest du mir nie verschweigen dürfen.
Aber egal. Jetzt geht es nur um eine einzige Sache. Wir
müssen sie finden, so schnell es irgendwie geht. Wo
könnte sie nur sein? Überleg genau, wo könnte sie sein?"

„Ich weiß es wirklich nicht, Eske. Normalerweise
schickt sie mir wenigstens eine SMS. Aber nun war ja
auch der blöde Akku leer. Und das Handy habe ich auch
noch an unserem Versammlungsplatz liegen gelassen."

Eske kramte ihr Handy aus dem Rucksack. „Die einzige Telefonnummer, die ich von euch abgespeichert habe, ist die von Boris, von eurem neunmalklugen Vorbeter. Ich rufe ihn jetzt an." Sie tippte auf der Tastatur herum, nichts passierte. Sie versuchte es wieder. „Jetzt hat dieser Typ natürlich seinen Klingelton ausgeschaltet. Auf seinem Seminar kann er sich selbstverständlich nicht durch Telefonanrufe stören lassen." Als sie gerade daran dachte, ihm eine SMS zu schicken gab es einen Knacks und auf der anderen Seite meldete sich eine Stimme mit einem mürrisch-genervten „Ja?"

„Boris, hier ist Eske", keuchte sie in das Handy. "Wir sind in großer Not. Madita ist spurlos verschwunden. Und sie ist Diabetikerin. Es kann sein, dass sie irgendwo bewusstlos in den Dünen liegt.

"Ok", kam es nüchtern von der anderen Seite. „Ok, ich checke das. Ich melde mich sofort zurück." Klack - aufgelegt. War das wirklich Boris gewesen?

Keine Minute später klingelte das Handy. „Boris hier. Wir haben das geprüft. Klaas ist ja absoluter Handy-Freak; er hat den Akku ausgetauscht, Christines PIN geknackt und nachgesehen. Madita hat mehrere Nachrichten geschickt; ich lese sie dir vor. ›Mama, ich konnte es nicht mehr ertragen. Musste mal raus. Bin auf einer Facebook-Party am Westturm. M.‹ Die nächste SMS: ›Hi Mom, cool hier. Nette Typen aus Holland, mit Rastalocken und so. Echt süß. lol! M.‹ und noch eine: ›Hi Mom, du gehst ja wieder mal nicht ran. Die Typen hier werden langsam etwas zudringlich. Ich geh aufs Schiff zurück, wir sehn uns da. cu, m‹ Das wars. Habt ihr alles mitbekommen?"

Eske fehlten die Worte. „Ich habe alles mitbekommen. Und ich bin froh, dass ihr das so schnell herausgefunden habt. Bis gleich an Bord." Sie legte auf.

Eske und Christine eilten zurück zum Schiff. Als sie eintrafen, war Madita schon dort. Das Mädchen lehnte an der Reling, hatte die Ohrhörer eingestöpselt und tippte auf dem Smartphone herum. Christine stürmte auf sie zu und riss ihr die Stöpsel heraus. „Wie konntest du mir das nur antun?", schrie sie. „Wo bist du gewesen?"

„Facebook-Party." Betont langsam kaute Madita auf ihrem Kaugummi herum und taxierte ihre Mutter mit einem langen, abwertenden Blick. Dann blies sie das Kaugummi zu einem Ballon auf, bis dieser mit einem leisen Plopp zerplatzte.

„Und warum hat es mein Fräulein Tochter nicht für nötig gehalten, mich darüber zu informieren?" Christines Stimme überschlug sich.

„Hab ich doch." Madita wies mit einer müden Kopfbewegung auf ihr Smartphone. „Drei SMS. Was kann ich dafür, dass dein Akku mal wieder leer ist?"

„Und was ist mit deinem Zucker? Hast du den wenigstens getestet?"

Bevor Madita antworten konnte, erhob sich Eske von der Backskiste und gab der Jugendlichen einen liebevollen Kopfstüber. „Ich bringe dich nach vorne zu deiner Koje", raunte sie ihr zu. „Bevor Mama ganz austickt. Zeigst du mir, wie man selbst den Blutzucker kontrolliert?"

„Ok, ich teste, und dann gehe ich ins Bett", maulte Madita, rückte ihren verschobenen Pulli zurecht, warf ihrer Mutter einen übertriebenen Handkuss zu und strich im Vorübergehen Klaas und Boris mit dem Fingernagel lasziv über den Nacken.

Eske begleitete Madita unter Deck und leuchtete ihr mit einer kleinen Taschenlampe, die sie sich zwischen die Zähne klemmte. Madita kramte in ihrem Rucksack und leerte ihn kopfüber aus. Unter alten Socken, mehreren Lippenstiften, zerknitterten Fotos und weiteren Dingen kam schließlich ein Etui zum Vorschein, in dem sich das Zubehör für Diabetiker befand.

Madita führte fachmännisch eines der Teststäbchen in das Blutzuckermessgerät ein, das Display erwachte. Sie knetete ihre Fingerkuppe und entfernte die Schutzkappe von der Stichlanzette.

„Tut das nicht weh?"

„Ist nicht schlimm", gab Madita zurück. Ein kurzer Stich, ein roter Blutstropfen, der vom Teststreifen aufgesaugt wurde. Sekunden später piepte das Gerät.

„BZ 323 - Scheiße, das gibt Ärger", stöhnte Madita.

„Kann da jetzt was passieren? Musst du jetzt ins Krankenhaus? Wir sind ja auf Wangerooge; hier gibt es kein Krankenhaus. Aber irgendeinen Arzt müssten wir auftreiben können, auch wenn es ..."

„Quatsch! Das einzige, was passieren kann, ist, dass Mama sich noch mehr aufregt. Was gar nicht gut ist für meinen Zucker ..."

„Na toll! Und was willst du jetzt tun?"

„Ich spritze jetzt einfach Insulin zu. Sechs oder acht Einheiten. Und dann brauche ich unbedingt noch einen gesunden Kontrollwert", beharrte Madita. „Sonst gibt's wieder Megastress mit Dr. Brockmeyer, dem fetten Arsch. Ich stelle einfach die Uhr des Messgerätes zwei Stunden vor und dann lesen wir deinen Zuckerspiegel ein. Hab ich schon tausendmal gemacht, merkt kein Schwein."

„Du kannst doch deinen Arzt nicht mit gefälschten Werten betrügen", wehrte Eske entsetzt ab.

„Kann ich, will ich und tue ich", trotzte Madita. „Du müsstest ihn mal erleben, wenn er die Zahlen von meinem Gerät in seinen Scheißcomputer überträgt. Dem geht richtig einer ab, wenn er sieht, dass ich nach dem Zuspritzen wieder gute Werte habe." Madita kicherte. „Der Blödmann hat sogar einen Artikel für eine medizinische Zeitschrift verfasst: Motivation entscheidet: Diabetestherapie bei Jugendlichen oder so. Ich lach' mich schlapp!"

Auch Eske musste lachen - Sachen gab es! „Und woran merke ich, wenn dein Zucker in zwei Stunden nicht in Ordnung ist?"

„Essiggeruch. Tiefe und schnelle Atmung." Madita machte es ihr hechelnd vor. „Kussmaulsche Atmung."

„Klugscheißer!"

„Memme!"

Eske behagte die Vorstellung zwar nicht, sich hier unter Deck im schummerigen Licht einer Taschenlampe in den Finger stechen zu müssen. Andererseits: Es war fast wie eine Blutsbrüderschaft. Unter Piraten. Unter Piratinnen. Sie versuchte trotzdem, darum herumzukommen: „Madita, ich kann das nicht. Ich kann kein Blut sehen!"

„Bist mir ja eine tolle Skipperin, du Weichei", schalt Madita sie. „Bei dem Angelhaken in Boris Hand ging es ja auch. Nun kneifen Sie einfach die Augen zu und überlassen Sie alles dem Fachpersonal."

Gehorsam schloss Eske die Augen und wartete darauf, dass sich eine stählerne Lanzette schmerzvoll durch die empfindsame Haut ihrer Fingerkuppe bohren würde. Ihr Finger wurde kräftig massiert. Dann hörte sie Madita:

„Frage an dich als Frau: Wie war es eigentlich bei dir beim allerersten Mal?"

„Das geht dich gar nichts an, freche Göre!", schimpfte Eske. „Er hieß Sven, war ein Student und wir haben uns nie wiedergesehen, weil ..."

Piep! - machte das Messgerät. Eske riss ungläubig die Augen auf. Sie hatte den Einstich überhaupt nicht bemerkt.

„Ich meinte eigentlich: dein erstes Segeln." Madita grinste. „123 mg% - perfekt. Danke!"

Eske wartete, bis Madita in der Koje verschwunden war. Dann mummelte sie die Jugendliche in der Decke ein und stopfte ihr das Kopfkissen zurecht. Eske wurde es warm ums Herz. Bis auf den Haarschopf und einen kleinen Teil des Gesichts war das Mädchen vollständig durch die Decke verhüllt, nur ein Fuß lugte hervor. Eske zog die Decke über den Fuß, aber der kam wieder zum Vorschein. „Zur Kühlung", hörte sie Madita noch sagen, dann waren nur noch gleichmäßige Atemzüge zu vernehmen.

Gedankenverloren ging Eske zurück an Deck und verzog sich allein nach vorne auf die Back, ließ die Beine durch die Reling baumeln und betrachtete den Nachthimmel. Die ersten Sterne waren aufgegangen. Eine leichte Brise wehte aus Südost, irgendwo schlug eine Leine gegen einen Alumast. Das Wasser lief auf und würde die *"Hope of Zegen"*, die mit leichter Schlagseite im Schlick an der Kaje lag, bald wieder zum Schwimmen bringen.

Plötzlich durchbrach ein Schrei die Stille. Ein Schluchzen wurde hörbar. Eske stürmte erneut den Niedergang hinunter. Die Geräusche kamen aus der winzigen Waschkabine an der Steuerbordseite. Maditas Koje war leer.

Eske fand das Mädchen weinend auf der Toilettenschüssel sitzend.

„Was ist los?", fragte sie erschrocken.

„Die haben mir irgendetwas gegeben! Die haben mich verstrahlt!"

„Wer hat dir was gegeben?"

„Ich war doch auf dieser Party am Westturm", winselte Madita. „Da waren Jungs aus Holland. Sie hatten Tabletten dabei. Sie haben selbst welche genommen. Und ich auch."

„Oh nein", gab Eske entsetzt zurück. „Du hast etwas genommen, was du nicht genau kennst? Solche Leute wollen dich gefügig und abhängig machen."

„Ich weiß", sagte Madita, „aber es ist doch schon passiert. Und jetzt leuchtet mein Urin."

„Was?"

„Ich bin auf die Toilette gegangen. Ich habe gespült und meine Pisse leuchtet jetzt Grün. Sie fluoresziert. Die haben mich radioaktiv verseucht. Ich muss bestimmt sterben und habe euch alle kontaminiert."

„Blödsinn", lachte Eske, „zeig her, du Dummkopf. Das ist Meerleuchten."

Madita hievte sich von der Toilettenschüssel und die beiden betätigten die Klospülung. Seewasser schoss in das Toilettenbecken. Ein Strudel entstand, umkringelte das Abflussloch und tauchte den kleinen Raum in ein gleißendes, grünblaues Licht.

„Meerleuchten dieser Stärke gibt es nicht oft im Jahr. Es ist wunderschön! Und es bringt Glück!", erklärte Eske.

Madita fiel ihr um den Hals. „Irgendwann hab ich davon schon einmal gehört. Aber ich habe es noch nie selbst gesehen. Und ich hätte nie gedacht, dass ich es heute sehen würde. Ich spüle noch mal."

Sie spülten und spülten und konnten sich nicht sattsehen, so köstlich war der Anblick. Dann gingen sie beide zurück an Deck. „Leute", sagte Eske feierlich. „Es gibt etwas ganz Besonderes heute. Wir haben Meerleuchten."

„Meerleuchten?", fragten die anderen. „Was ist das?"

Eske spuckte in das Hafenbecken. Ein blinkender, grün leuchtender Ring entstand, der sich kreisförmig ausbreitete und von der *„Hope of Zegen"* zu den anderen Schiffen hinüberlief.

„Wow!", staunten alle. „Das ist unglaublich."

„Kleine Planktonwesen", erklärte Eske. „Sie zerfallen und erzeugen Licht. Glühwürmchen des Wattenmeers. Sieht man nicht häufig. Viele Faktoren müssen da zusammenkommen."

Alle waren fasziniert und begannen, mit Tauenden, Holzstücken und anderen Gegenständen im Hafenbecken herumzurühren. Sie konnten nicht genug bekommen. Tupper verschwand in der Kajüte und kam mit drei Flaschen edlem Sekt zurück. „Du musst dem Klabautermann einen kleinen Schluck abgeben", sagte Eske. „Sonst wird er böse und spielt uns Streiche."

Thomas goss einen ordentlichen Schuss des *Clees Silvaner Brut* in die See. Diese bedankte sich mit einem besonders intensiven Blinken. Den Rest des Silvaner Sektes verteilte er an die Mannschaft. Rührseligkeit und Stimmung stiegen, die Pegel in den Sektflaschen sanken. Schließlich holte Kalle die Mundharmonika heraus und sie stimmten *„Kein schöner Land in dieser Zeit"* an - nicht ganz passend und musikalisch fehlerhaft, aber äußerst hingebungsvoll.

Bei *„unter der Liii..iii..inden"* erreichten Emotionen und stimmliche Stärke ihren Höhepunkt. Da ging im Vorschiff eine Luke auf und der quadratische Charakterschädel von Hans-Dieter Bindestrich erschien. „Ruhe!", schrie er. „Kann man auf diesem verdammten Kahn nicht einmal seine Ruhe haben?" Damit knallte er den Lukendeckel wütend zu.

Und da inzwischen sämtliche Flaschen leer und die Teilnehmer voll waren, zogen alle gerührt und zufrieden in die Kojen.

Von Wangerooge nach Spiekeroog

Gegen 11:00 Uhr legte die *„Hope of Zegen"* vom Bollwerk des alten Anlegers in Wangerooge ab. Eske und ihre Mannschaft hatten noch etwas Watte im Kopf, aber sie waren bester Laune. Nur Hans-Dieter Bindestrich, der Bootsmann, lag einsatzunfähig in der Koje. Er hatte seinen Frust gestern Abend wieder einmal mit Hochprozentigem betäubt.

Eine leichte Brise wehte von Südosten, der Himmel war blau und nur ein paar Schäfchenwolken kräuselten sich am Horizont. Hinter der Hafeneinfahrt setzte die Crew die Segel und stellte die Maschine ab. Das braune Tuch entfaltete sich und die *„Hope of Zegen"* schob sich mit schäumender Bugwelle gegen den Flutstrom hinaus ins Seegatt.

Zwischen den Inseln wendete die *"Hope of Zegen"* und lief nun mit dem Strom in das Wattengebiet zwischen Spiekeroog und dem Festland ein. Knapp eine Stunde später legte das Schiff im Spiekerooger Hafen an.

Am Nachmittag sollte das Seminar endgültig beginnen. Boris bestellte alle für 16 Uhr, „wenn die Sonne schon wieder zu sinken beginnt", an den Weststrand. Eske war froh, den Kindergarten bald los zu sein. Dann konnte sie sich endlich in Ruhe um ihr Schiff kümmern. Die Maschine hatte sich gestern erst nach mehreren

Versuchen starten lassen und gab merkwürdige Töne von sich, die zu dem üblichen, gemütlichen Konzert von Tuckergeräuschen nicht passten. Dem Bootsmann war es auch schon aufgefallen.

Aber es kam anders. Als alle abmarschbereit vor dem Fährgebäude an der Kaje standen, probte Madita den Aufstand. Ohne Eske würde sie nicht am Seminar teilnehmen, auf keinen Fall! Ihre Mutter tobte: Schließlich hatten sie die Reise doch gebucht, um das verkorkste Verhältnis zwischen Mutter und Tochter in Ordnung zu bringen. Aber - es war nichts zu machen! Bevor die Emotionen noch höher kochten, fügte sich Eske gottergeben in ihr Schicksal und trabte mit der Korona über den Westdeich an den Strand.

Boris ließ sie in einem Kreis Platz nehmen. Er selbst stand leicht erhöht auf einer Düne. Eske betrachtete ihn. „So schlecht sieht er eigentlich gar nicht aus, im Gegenlicht und mit dem Wind in seinen Haaren", dachte sie für einen Moment. Aber dann erinnerte sie sich an das, was dieser Mensch schon alles angestellt hatte.

Es gab eine lange, theatralische Pause, bevor Boris zu sprechen begann. „Wir alle sind nur einen winzigen Moment auf dieser Welt", hörte sie ihn erklären. „Und das einzige, was es gibt, ist das JETZT. Aber wir sind gefangen in Sorgen um das MORGEN und in Belastungen aus der Vergangenheit. Das ist unser Ego, unser Verstand, der es liebt, uns von der Kraft des JETZT abzuschneiden."

Dann mussten sie alle die Hände auf den Dünensand legen und ihre Verbundenheit mit der Erde und dem augenblicklichen Moment erspüren.

Eske grinste verstohlen und beobachtete heimlich ihre Mitreisenden. Bei den meisten schien es mit der Erleuchtung nicht so ganz zu funktionieren. Madita malte durchgestrichene Herzen in den Sand und schmollte sichtlich, statt sich auf die Kraft des Universums zu konzentrieren. Frau Jutta Starenberg-Krollmann formte mit Daumen und Zeigefinger kleine Hügelchen, die sie dann mit der flachen Handfläche platt klopfte. Kalle, der Dachdecker, kämpfte mit einer Fliege, die sich für seinen großen Zeh interessierte. Nur seine Frau Karin schien der Erleuchtung nahe zu sein. Mit großer Geste inhalierte sie die frische Nordseeluft und ließ sie geräuschvoll wieder entweichen.

Ansonsten passierte nichts. Eskes Magen knurrte, ihre Nase juckte und sie begann, sich zu langweilen. Aber dann veränderte sich etwas: Eske spürte ein Wärmegefühl, ein Pulsieren in den Handflächen, sie nahm den kühlen Sand dieser Insel wahr und ein Gefühl von Ruhe, Gelassenheit und einer inneren Heiterkeit stellte sich ein.

So weit war es also schon gekommen, dass sie dem Hokuspokus dieses selbst ernannten Gurus auf den Leim ging!

„Und nun", holte sie Boris aus ihren Gedanken zurück, „wollen wir uns besser kennenlernen. Wir sind eine Schicksalsgemeinschaft, eine Gruppe, ein Element in dieser See. Fasst euch bitte an den Händen, schließt die Augen und spürt das Qi, das zwischen uns zirkuliert."

Eske nahm die Hände von Madita und von Klaas, die links und rechts von ihr saßen. Die Hand von Klaas war schlaff und verschwitzt. Maditas Hand dagegen war angenehm zu berühren, fest und kräftig. Dann sollten sie alle „Omm" machen.

„Mmmmh", machte Thomas und blickte versonnen. Vermutlich hatte er gerade an etwas leckeres Essbares und nicht an die Erleuchtung gedacht. „Pfff", gab Jutta

Starenberg-Krollmann von sich und sinnierte wohl, dass es auf der Aida solche Übungen nicht gegeben hatte. Madita alberte herum und ahmte das Gurgeln beim Zähneputzen nach. Kurz: Die Seminargruppe veranstaltete allerhand Blödsinn, statt ihrem Guru und Meister auf dem Weg zur Erleuchtung Gefolgschaft zu leisten.

„Und nun", rief Boris unbeeindruckt aus und fiel dabei fast in ein Sandloch, „wollen wir uns noch näherkommen. Durch gegenseitiges Vorstellen. Wir bilden Zweiergruppen. Jeder hat exakt zehn Minuten Zeit, seinen Partner zu interviewen, und ihn dann hier im Plenum vorzustellen. Übrigens - hat einer von euch eigentlich eine Uhr dabei?

Außer Boris trug jeder eine und bot sie dem Guru an. Der entschied sich für die Uhr von Christine, ein schickes Modell von Lacoste, ohne Sekundenzeiger und mit leerer Batterie, wie sich später herausstellen sollte.

„Also: Elke mit Klaas", teilte Boris ein.

„Eske heiße ich", zischte die Skipperin.

„Jutta mit Thomas, Karin mit Madita und so weiter. Zeit läuft."

Eske sah Klaas an. Sie hasste derlei Psychospielchen. Dennoch zog sie sich mit Klaas an den Rand der Düne zurück und betrachtete den jungen Mann.

„Okay, Klaas. Wie alt bist du eigentlich?"

„24."

„Was treibst du so?"

„Ich studiere Informatik. Und dann jobbe ich noch in einem Apple-Store."

„Du liebst Computer, stimmt's?", wollte Eske wissen.

„Kann man so nicht sagen. Kommt ganz auf das Betriebssystem an", belehrte sie Klaas. „Windows-basierte Rechner sind eine Katastrophe. Sie müllen sich immer mehr zu. Jedes Programm, das du einmal installiert hast, hinterlässt tiefgreifende Spuren in deinem Betriebssystem. Die Kiste wird einfach immer langsamer. Das geilste ist Linux. Aber auch Apple ist nicht schlecht."

„Aha" machte Eske. Sie hatte nur die Hälfte verstanden. Höchstens.

„Jeder Rechner aus dem Supermarkt hat heute drei oder vier Prozessorkerne. Bei einem vernünftig konfigurierten Betriebssystem völlig überflüssig!"

„Und warum", wechselte Eske das Thema, „bist du mit an Bord gekommen?"

„War der Wunsch meiner Eltern. Sie haben es mir zum Geburtstag geschenkt. Obwohl ich mir eigentlich ein neues MacBook Air gewünscht hatte."

„Na, das muss ja eine Enttäuschung für dich gewesen sein. Und wie gefällt es dir jetzt an Bord?"

„Geht so. Das Netz ist so langsam."

Eske holte tief Luft. Da bekam dieser junge Mensch eine Tour mit einem historischen Segelschiff geschenkt, erlebte das Abenteuer einer unfreiwilligen Nacht auf dem Watt, sah Meeresleuchten, saß jetzt auf dieser schönen Insel Spiekeroog und jammerte über ein schlechtes Mobilfunknetz.

„Warum wollten deine Eltern eigentlich, dass du an diesem Seminar teilnimmst?", fragte Eske.

„Sie finden, dass ich zu wenig Kontakt zu anderen Menschen habe. Und", Klaas senkte seine Stimme, „sie meinen, dass ich mir mal eine Freundin suchen sollte."

„Du hast gerade keine Freundin?", hakte Eske nach.

„Hatte noch nie eine. So was soll's ja geben."

„Wenn man immer nur in der Stube hockt und am PC rumzockt, kann man auch keine Menschen kennenlernen", dachte Eske. Aber dann fiel ihr ein, dass auch sie ohne Partner war. „Das Gefühl kenne ich auch", sagte sie langsam zu Klaas.

„Ich weiß einfach nicht, wie ich es anstellen soll. Immer wenn's drauf ankommt, habe ich den totalen Blackout. Ich raffe es einfach nicht. Typen wie dieser Thomas sind immer gut drauf, haben einen coolen Spruch und kriegen jede rum. Aber mein Verhalten wird sich auf diesem Schiff bestimmt nicht ändern, denn ..."

„Wechsel!", hörten sie Boris rufen. „Tauscht die Rollen, jetzt wird der andere interviewt!"

„Okay, Eske", Klaas rückte seine Brille zurecht. „Warum bist du auf diesem Schiff?"

„Das ist mein Job, Klaas."

„Und warum arbeitest du nicht beispielsweise bei der Sparkasse? Oder beim Einwohnermeldeamt?"

„Weil ich das Meer liebe. Und - die Einsamkeit."

„Die Einsamkeit?"

„Ja." Eske hielt inne. Hatte sie schon viel zu viel preisgegeben? „Menschen machen mir Stress. Reden so viel. Haben immer Probleme. Nehmen sich so wichtig."

„Auf dem Schiff sind aber viele Menschen pro Quadratmeter. Sogar sehr viele Menschen."

Eske bohrte ihren Zeh in den Sand. Da hatte dieser linkische und gehemmte junge Mann ihren wunden Punkt erwischt. „Das ist wahr, Klaas, und genau das belastet mich. Aber tue mir einen Gefallen: Sag davon nichts zu den anderen!"

„Ist schon okay", versprach Klaas. „Hast du etwas anderes gemacht, bevor du zur See gefahren bist?"

Eske blickte in die Ferne. Ihre Vergangenheit mit den großen Enttäuschungen und dem abgebrochenen Theologiestudium war tabu, für sie selbst und für andere erst recht. Zum Glück klingelte in diesem Moment ihr

Handy. Es war der Bootsmann Hans-Dieter Bindestrich. Er hatte noch einmal den Schiffsmotor untersucht. Wieder war die Maschine erst nach mehreren Versuchen angesprungen.

„Du musst kommen, Eske. Irgendetwas stimmt mit dem ollen Diesel nicht."

„Ich bin gerade bei dem Seminar", wandte Eske ein. „Ist das wirklich so dringend?"

„Ja. Seemannschaft geht vor. Da muss dein Psychokasper mal eben warten", beschied sie der Bootsmann und beendete das Gespräch.

Eske war froh, die Gruppe in den Dünen verlassen zu können. Auf der *„Hope of Zegen"* empfing sie Hans-Dieter Bindestrich mit sorgenvollem Blick. „Hab schon alles kontrolliert, kann aber nichts finden." Eske kletterte mit ihm in den Maschinenraum, stieß sich den Kopf an einer Stahlleiste und stieß einen gotteslästerlichen Fluch aus. Gemeinsam reinigten sie die Dieselfilter, entlüfteten die Treibstoffleitungen und checkten alle Bauteile und Kabelverbindungen. Nichts! Wie durch ein Wunder löste sich der Fehler mit einem Male in Luft auf. Beim kleinsten Druck auf den Startknopf sprang der Motor problemlos an.

Kein gutes Gefühl, morgen mit einem durchgeknallten Guru, einer zusammengewürfelten Mannschaft und einer unzuverlässigen Maschine in See stechen zu müssen. „Tu du mir wenigstens einen Gefallen", forderte Eske und hielt Hans-Dieter die schwielige Faust einer Ex-Theologiestudentin und jetzigen Skipperin unter die Nase, „bleib nüchtern und lass den Sprit weg. Kann sein, dass ich dich morgen wirklich brauche!"

„Geht klar, Eske", brummte dieser. „Aber dann halte mir dafür diese Verrückten vom Hals."

Von Spiekeroog nach Langeoog

Am nächsten Morgen war der Himmel grau in grau. Wie Blei hingen dunkle Wolken über die Insel. Ein unangenehmer, feucht-kalter Wind wehte aus Südwest herüber. Eske blickte auf ihre Armbanduhr: Es war kurz nach sieben. Sie schlüpfte in Jogginghose und Troyer, schnappte sich ihren Waschbeutel und ging zum Sanitärgebäude der Fähre, um zu duschen.

Eske entkleidete sich in der Kabine und versuchte, ihre Sachen so aufzuhängen, dass sie nicht nass wurden. Es gab nur einen einzigen, altersschwachen Kleiderhaken. Das Handtuch fiel herunter, genau in die Abflussrinne, in der Haarbüschel und Shampooreste herumtrieben.

Um das warme Wasser anzustellen, musste sie eine Münze in den Zeitautomaten werfen, der außerhalb der Kabine im Vorraum hing. Eske kramte in ihrem Kulturbeutel. 50-Cent-Stücke hatte sie gesammelt, hier aber brauchte man ein Eurostück. Zum Glück fand sie noch eines.

Klack! Die Dusche begann, müde vor sich hin zu tröpfeln, eiskalt. Ganz langsam wurde das Wasser wärmer. Eske seifte sich ein. Und schon machte es wieder klack! und das Gedröppel versiegte.

Eske wischte sich das Haarshampoo aus den Augen und kramte in ihrem Kulturbeutel nach einer weiteren

Münze: Fehlanzeige. Wenigstens lief das kalte Wasser noch. Zitternd spülte sie Shampoo und Duschgel herunter, trocknete sich mit dem halbnassen Handtuch notdürftig ab und schlappte in ihren Badelatschen frierend zurück zum Schiff.

Auf dem Schiff war es ruhig. Alle schliefen noch - alle, bis auf Thomas, der mit einem Pott Kaffee an Deck saß und andächtig den erwachenden Tag bestaunte.

„Ein wunderbarer Morgen", strahlte er Eske an. „Möwengeschrei, Windorgeln in der Takelage und der Duft von frischem Kaffee! Phantastisch! Möchtest du auch einen? Hab ich extra für uns gekocht."

Eske nahm dankbar an und wärmte ihre klammen Hände an der Tasse. Die beiden saßen eine Weile schweigsam nebeneinander und genossen die Friedlichkeit dieses Morgens. Langsam begann es im Schiffsbauch zu rumoren. Einer nach dem anderen krabbelte aus der Koje. Alle trugen sie noch ihre Schlafanzüge und ihre Haare waren verstrubbelt. Nur die Lehrerin, Jutta Starenberg-Krollmann, hatte ihre Haare schon wieder zu einer Betonfrisur gestylt und mit Unmengen von Drei-Wetter-Taft fixiert.

Die Wolken über dem Festland türmten sich bedrohlich auf. Das Hafentelegramm gestern hatte Böen bis Windstärke sieben vorhergesagt. Das Tief sollte die Küste aber erst in der kommenden Nacht erreichen. Eske rechnete. Das Morgenhochwasser war schon vorüber, das Abendhochwasser würde gegen 20:00 eintreten. Wenn sie gegen 17:00 Uhr aufbrächen, müssten sie es zur nächsten Insel Langeoog gut schaffen. Die Gäste hätten den Tag über ausreichend Zeit, sich in ihrem Selbsterfahrungsseminar auszutoben. Hauptsache, dieser unzuverlässige Boris schaffte es diesmal, seine Jünger pünktlich einzusammeln.

Nach dem Frühstück schlug Boris einen Gong. Das war für die Seminarteilnehmer das Zeichen, sich zu versammeln. Eske und Hans-Dieter Bindestrich verkrümelten sich auf das Vorschiff, wo sie schwer beschäftigt an der Takelage hantierten. Hier konnten sie nicht in die Verlegenheit kommen, wieder zur Teilnahme aufgefordert zu werden, bekamen aber alles mit.

Boris schaltete einen altersschwachen Kassettenrekorder ein und eine leierige indische Musik erklang. Sitarklänge und Trommeln erschallten auf der Insel.

„Wir wollen uns nun alle an den Händen halten, die Augen schließen und uns darauf konzentrieren, wie die Energie zwischen uns zirkuliert. Lasst das Qi fließen!", rief der Guru aus und schloss mit einer dramatischen Geste die Augen. Dann atmete er tief ein und hörbar aus.

In diesem Moment blieb der Kassettenrekorder stehen. Dessen Energie war offensichtlich ins Nirwana entwichen.

„Hat jemand vielleicht Ersatzbatterien dabei?", fragte der Guru, nun wieder geerdet, in die Runde.

Niemand hatte. Die Jugend war mit Smartphones ausgerüstet und die verfügten über wiederaufladbare Akkus. Die älteren brauchten den Elektronik-Schnick-Schnack nicht, angeblich. Eske hätte zwar die Batterien ihrer Stablampe beisteuern können, aber das kam nicht in Frage.

„Egal", rief Boris, „wir brauchen das nicht. Also noch einmal, fassen wir uns an den Händen und konzentrieren uns ..."

Die Seminarteilnehmer schlossen erneut folgsam die Augen und horchten in sich hinein.

Boris schien von allem Irdischen entrückt zu sein. Lautstark atmete er ein und ließ die verbrauchte Luft mit einem „brrhhh…" entweichen, um damit aller Sorgen und Trübnisse ledig zu werden und sie dem Universum zu überantworten. Auch Thomas und Karin machten „aahhh" und „brrhh". Kalle dagegen sah man deutlich an, dass er das für einen blöden Kinderkram hielt. Und Klaas kam mit der Atmung immer wieder aus dem Takt - schließlich hielt er mit Christine auf der eine Seite und Madita auf der anderen zwei schöne Frauen an den Händen.

Endlich war es genug. Boris hieß sie, die Augen wieder zu öffnen und hielt eine Ansprache, in der er kurz die wesentlichen Fragen der Bewusstseinsbildung, der Macht des Lebens im Hier und Jetzt, der universellen Energie, die allen Dingen innewohnt und den geplanten Zeitpunkt für das Abendessen anriss. „Wir wollen jetzt", deklamierte er und wies mit einer ausholenden Geste auf das Wattenmeer, „die Kraft dieser archaischen Umwelt auf uns wirken lassen. Wir werden einen Ausflug in das Watt unternehmen, um unser inneres Kind zu heilen. Bitte zieht euch rasch um. Wir treffen uns in zehn Minuten auf der Mole."

Kurze Zeit später setzte sich eine denkwürdige Karawane in Bewegung und stapfte durch den Schlick an der Ostseite des Hafens ins Watt. Das Wasser war inzwischen abgelaufen. Wo noch vor kurzem eine einzige Wasserfläche zu sehen gewesen war, befand sich nun eine grauschwarze Schlickwüste. Bei jedem Schritt sanken die Teilnehmer ein, an manchen Stellen bis zum Knie.

Boris hatte sich in einen langen, weißen Umhang gekleidet und stolzierte - bewaffnet mit dem Gong - voran. Sein Sarong verfing sich mehrfach im Strandhafer und bekam Schlickspritzer. Der Guru musste achtgeben, nicht hinzufallen.

Boris und seine Gefolgschaft aber wateten weiter durch den weichen Schlick. Eine Gruppe von Wattwanderern begegnete ihnen, Erwachsene mit Kameras und Kinder mit Eimerchen und Schaufel, alle aus Nordrhein-Westfalen. Und weil sie Boris mit seinem Gong für einen lokalen Reiseführer hielten, schlossen sie sich der Gruppe an. Endlich hatten sie eine Stelle nahe des Priels erreicht, an dem alle Voraussetzungen für die Erleuchtung gegeben zu sein schienen.

„Wir wollen uns jetzt im Kreis aufstellen. Und dann schreien wir uns an. Wir beschimpfen uns. Lasst alles raus, was in euch ist. Beleidigt, werdet gemein, nehmt keine Rücksicht, lasst den Dämon in euch heraus! Dann werde ich anschließend die Wunden wieder heilen. Nur so könnt ihr den Frieden mit euch und der Umwelt erlangen! Und wenn ihr richtig in Fahrt seid, nehmt ihr Schlick in die Hand und bewerft euer Gegenüber!"

Die Wattwandergruppe aus NRW verabschiedete sich übereilt, wünschte einen schönen Tag und brachte sich in Sicherheit.

Die Seminarteilnehmer aber bauten sich im Kreis auf.

„Ich finde deine roten Haare nicht so vorteilhaft", begann Jutta Starenberg-Krollmann Madita zu kritisieren. Dann warf sie ein kleines Schlickklümpchen in Maditas Richtung, das kurz vor deren Fuß in einer Pfütze landete. Dann betrachtete sie angeekelt ihre Finger, die sich vom Watt schwarz gefärbt hatten.

Madita nahm das Klümpchen auf und schnickte es gekonnt zurück, wo es gegen die Bluse der Pädagogin ploppte, dort, wo diese durch ein rundes Bäuchlein vorgewölbt wurde. Es blieb eine Sekunde kleben und rutschte dann, unter Hinterlassung eines hässlichen Flecks und einer Schleifspur in die Tiefe. Kalle kicherte.

„Hätte ich auch voll ätzend gefunden", keifte der Teenie zurück, „wenn eine Spießerin wie du mit Betonfrisur meine Haare gemocht hätte!"

Jutta Starenberg-Krollmann schnappte empört nach Luft. Obwohl sie gar nicht mehr an der Reihe war, nahm sie einen großen Schlickklumpen und warf ihn in einem hoch in die Luft. Die anderen staunten. Einen solchen Wurf hatte ihr niemand zugetraut. Der Klumpen beschrieb einen hohen Bogen und traf Christine am Kopf, die gerade in ihrer Umhängetasche nach einer Zigarette kramte.

„Du hättest deine Tochter besser erziehen können", zeterte Jutta. „Wahrscheinlich waren dir Männergeschichten wichtiger als die Verantwortung für dein Kind."

Christine schaute einen Moment verdattert. Dann wischte sie sich im Zeitlupentempo den Schlick aus dem Gesicht, zündete sie sich eine Zigarette an, klemmte sie in den Mundwinkel und suchte sich einen besonders schweren Dreckklumpen aus. Sie wog ihn erst in der einen, dann in der anderen Hand. „Du verklemmtes, feistes Schweinchen", sagte sie gefährlich leise. „Was weißt du schon vom Leben und seinen Problemen? Jeden Monat ein krisensicheres Gehalt A13 vom Staat, egal wie viel Mist du baust?" Und schon flog der Brocken wie von einem Katapult abgeschossen in Juttas Richtung und traf diese so heftig an der Brust, dass die Lehrerin mit dem Gleichgewicht zu kämpfen hatte.

Fassungslos starrte Jutta in die Runde. So etwas hatte sie noch nicht erlebt. Ihre Augen verengten sich zu Schlitzen. „Mädels", schaltete sich jetzt Kalle ein.

„Beruhigt euch, wir sind doch zum Vergnügen hier. Streitet euch nicht."

„Halt die Klappe", schrie Jutta Starenberg-Krollmann und ihre Stimme überschlug sich. „Du kannst vielleicht ein paar Nägel in ein Stück Dachpappe kloppen, aber von Menschen verstehst du gar nichts!" Sie pfefferte einen triefenden Klumpen in Kalles Richtung. Der lächelte überlegen, hielt zu allem Überfluss auch noch den Daumen höhnisch nach oben und wich einen kleinen Schritt zu Seite aus. Das Geschoss sauste haarscharf am Kopf vorbei und traf seine Frau Karin.

„Lass meinen Mann in Ruhe", keifte Karin. „Der hat dir nichts getan! Besser ein ordentlicher Dachdecker als eine studierte Pädagogin mit einem Dachschaden! Und was soll dieser ganze Blödsinn hier überhaupt?"

Die letzte Bemerkung war gegen den großen Guru Boris gerichtet, der den Flächenbrand bestaunte, den er da entzündet hatte. Karin warf zaghaft ein kleines Klümpchen in Richtung des Erleuchteten, es hatte aber viel zu wenig Schwung und fiel vor ihm in eine Pfütze.

„So geht das nicht, Karin", belehrte der Guru sie. „Du musst alles rauslassen, deine ganzen Emotionen, deine Aggressionen, die du von Kindheit an runtergeschluckt und verdrängt hast. Haben deine Eltern deine Geschwister vorgezogen? Dann denk daran, konzentriere dich auf das Gefühl, das du damals als kleines Mädchen empfunden hast. Lass es zu, nur so kann die Heilung kommen. War dein Mann gemein zu dir? Hat er dich mit der Sekretärin des Chefs betrogen, dieser aufgedonnerten Schlampe mit den lackierten Fingernägeln, die wie unsere Christine aussieht? Lass es raus!"

„Hey, hey, hey", schaltete sich jetzt Kalle wieder ein und die überlegene Freundlichkeit wich aus seinem Gesicht. „Was hast du ihr da erzählt? Kommst du jetzt wieder mit deinen Eifersuchtsgeschichten?" Er nahm einen gewaltigen Matschklumpen in seine schwielige Handwerkerfaust. Diesen Brocken Karin an den Kopf zu werfen brachte er aber doch nicht über das Herz. Er schleuderte ihn senkrecht hoch in die Luft. Das Geschoss landete in einer Wasserlache, direkt vor Karin und spritzte sie voll.

Karin war noch nicht fertig mit ihrem Mann: „Wenn du Gockel dich anständig benehmen würdest, gäbe es keinen Grund für Eifersuchtsgeschichten. Ich habe hier niemanden ein Sterbenswörtchen von deiner Turtelei mit dieser Tippsen-Schlampe erzählt. Wahrscheinlich hast du selbst damit herumgeprahlt!" Tränen der Wut und der Enttäuschung stiegen ihr hoch. Sie nahm eine Handvoll Schlick und pfefferte ihn in Kalles Richtung. Der wich wiederum gekonnt aus und das Wurfgeschoss traf Klaas mitten an den Kopf, der wie vom Blitz getroffen umfiel. „Spinnt ihr?", schrie er empört. „Wo ist meine Brille?"

Niemand kümmerte sich darum, dass der Junge wie ein Blinder seine Umgebung abtasten musste. Die Schlickklumpen flogen hin und her, Schreie und Beschimpfungen erfüllten die Luft. Die Situation geriet vollständig außer Kontrolle. Verzweifelt schlug der große Guru den Gong, um die nächste Phase der Genesung des inneren Kindes einzuleiten, die Wunden zu heilen, die hier aus den Abgründen der Seele ans Tageslicht gekommen waren. Aber keiner hörte auf ihn. Plötzlich konzentrierte sich der ganze Zorn der Gruppe auf ihn. „Du bist an allem schuld", schrie Karin den Guru an, der sich mit dem Gong gegen die Wurfgeschosse wehrte, die zunehmend in seine

Richtung flogen. „Glotz mich nicht so an, du geiler Bock!", schrie Madita und schleuderte einen Klumpen, der den Meister fast an einer unangenehmen Stelle getroffen hätte. „Lass meine Tochter in Ruhe!", schrie Christine. Boris konnte kaum noch ausweichen, tanzte wie ein Derwisch hin und her und versuchte verzweifelt, der massiven Bombardierung auszuweichen. Schließlich strauchelte er und fiel der Länge nach in den Schlick.

Wer weiß, wie diese biblische Steinigungs-Szene geendet hätte, wenn Thomas nicht mit seinem sonoren Bass „Stopp, Stopp!" gerufen hätte. Die Seminarteilnehmer verstummten, ließen die Schlickbrocken fallen und sahen sich beschämt an. Thomas wies in Richtung des Priels. „Die Flut kommt, wir müssen zurück zum Schiff."

Ein trauriger Zug setzte sich in Bewegung. Der Guru schritt voran, sein weißes Gewand hing schlaff herunter und war über und über mit Schmutz besudelt. Der Schlamm rann ihm aus den Haaren.

Hinter dem Guru stolperte Klaas einher. Ein Brillenglas hatte sich aus dem Gestell gelöst und er versuchte, es wieder in die Halterung zu klipsen und musste achtgeben, nicht zu stolpern und zu fallen. Ihm folgte Kalle, der Dachdecker, der immer wieder ungläubig sein Haupt schüttelte. Nur Madita kicherte und betrachtete fasziniert die Schlammspur, die die Erwachsenen hinter sich ließen.

Endlich hatte der Büßerzug das Sanitärgebäude des Hafens erreicht, an dem sich ein Wasserhahn und ein Schlauch befanden, damit Wattwanderer sich die Füße abspülen konnten. Ein Pappschild baumelte an dem Kran und Kalle drehte es um: „Außer Betrieb" stand dort.

„Dann waschen wir uns eben an Bord", entschied Boris. Doch an der Gangway der *"Hope of Zegen"* lehnte der Bootsmann Hans-Dieter Bindestrich und machte keine Anstalten, den Weg freizugeben. „Haben wir ein bisschen in der Matsche geschmiert, wie kleine Kinder?" Die Miene des Altmatrosen ließ nicht den geringsten Zweifel daran, wie er über diese Aktion dachte.

„Es ging um die Befreiung des inneren Kindes", versuchte Boris zu erklären. „Um die Aufarbeitung von verschütteten Konflikten."

„Na, da habt ihr wohl einiges verschüttet. So kommt ihr jedenfalls nicht an Bord. Da muss Mami euch erst sauber machen." Sprachs und wog das Seglermesser nachdenklich in der Hand, dass er immer am Gürtel trug. Gewaltsamkeiten lagen in der Luft.

Christine rettete die Situation. „Das verstehen wir doch, Hans-Dieter", und legte ihre Hand dem Bootsmann auf die Brust, wo ein dunkler Fleck auf dem Latz der blauen Arbeitshose entstand. „Aber vielleicht weißt du ja, wo wir einen Wasserhahn finden, der auch funktioniert?"

Hans-Dieter Bindestrich wurde augenblicklich lammfromm. „Dort vorne, Christine", erklärte er und wies auf das Ende der Mole. „Ganz am Ende, dort wo die Fähre anlegt. Da ist auch ein Kran."

Die „Spiekeroog II" machte gerade ihre Leinen fest und spuckte Unmengen von Urlaubern aus, die sich mit Rucksäcken, Handwagen und Fahrrädern auf den Weg zu ihren Unterkünften ins Inseldorf machten. Das Geschrei von Kindern und Möwen mischte sich mit dem Klackern der Rollkoffer.

Es half nichts, die Crew der *"Hope of Zegen"* musste ihren Gang nach Spießrutenlauf an den Touristen vorbeimachen und sich allerhand Fragen und Bemerkungen gefallen lassen. Manch ein Kameraverschluss klickte.

Endlich hatten sie den Wasserhahn erreicht, und dort stand Eske mit Handtüchern, Badelaken und einer großen Kanne heißen Tees.

Gegen fünf Uhr nachmittags waren Crew und Schiff seeklar. Die schlechte Stimmung war wie durch ein Wunder verflogen und alle freuten sich auf den kurzen Törn nach Langeoog. Das Wasser war schon bis zur Hälfte aufgelaufen - halbe Tide, drei Stunden nach Niedrigwasser und drei Stunden bis zum nächsten Hochwasser. Die Stelle im Watt, an der sich die Schlammschlacht der vergangenen Stunden abgespielt hatte, bedeckte jetzt eine glitzernde Wasserfläche.

Die Maschine der *"Hope of Zegen"* sprang problemlos an, die Crew warf die Leinen los und das Schiff tuckerte mit langsamer Fahrt gegen den Flutstrom die Einfahrtsrinne entlang. Dann drehte *"Hope of Zegen"* nach rechts ab und nahm Kurs auf das Seegatt, die Lücke zwischen den Inseln Spiekeroog und Langeoog. Hier konzentrierten sich die Gezeitenströme, hier gab es wandernde Sandbänke und gefährliche Untiefen.

Solange sich das Schiff im Schutz der Insel befand, war es eine Kaffeefahrt. Als die *"Hope of Zegen"* aber die Süderdünen Spiekeroogs umrundete und die offene See des Gatts zu fassen bekam, änderte sich die Szenerie schlagartig. Der Flutstrom lief gegen den Wind an und eine kurze, steile See entstand. Das Plattbodenschiff warf sich auf die Wellen, Gischt spritzte auf und wurde in das Cockpit geweht. Die Ladys, die sich in sehr knappen Bikinis der Sonne hingegeben hatten, verschwanden eine nach der anderen in der Kajüte, um sich umzuziehen. „Wind gegen Strom" brummte Hans-Dieter Bindestrich, der gut gelaunt am Ruder stand. „Wird gleich wieder besser. Wenn wir unterhalb von Langeoog sind, haben wir wieder den Ententeich."

So war es auch. Das Schiff passierte ein Wrack, das seit Urzeiten am Ostende von Langeoog auf der Sandbank liegt. Welches Unglück das Boot wohl auf die Untiefe geführt hatte? Dann sahen sie Seehunde, die auf dem Sand faulenzten.

Eske beobachtete ihren Bootsmann Hans-Dieter, der die *"Hope of Zegen"* sicher das Wattfahrwasser entlangführte. Er hielt Christine Vorträge. So kannte sie den alten Seebären gar nicht!

„Jetzt läuft der Strom noch gegen an", dozierte der. „Noch zwei Meilen bis zum Wattenhoch. Das ist die flachste Stelle, da teilt sich die Strömung."

„Aha", machte Christine beeindruckt. „Und diese Bäumchen hier?"

„Pricken", erklärte Hans-Dieter. „Bezeichnen den Priel. Da müssen wir immer schön dran lang fahren, sonst sitzen wir auf Schiet."

„Schau nur, wie die da vorne pendelt!" Christine beugte sich zu Hans-Dieter hinüber und wies auf eines dieser Birkenbäumchen, das im Flutstrom wie ein Lämmerschwanz wackelte. Hans-Dieter musste seinen Kopf auf die Seite legen, um ihrem Arm und ausgestreckten Zeigefinger mit dem Blick folgen zu können und berührte dabei fast Christines Schulter. „Sitzt wohl einer auf dem Meeresboden und schüttelt." Sie lachten. Ein Schwarm Seeschwalben zog über sie hinweg.

„Wollen wir Segel setzen?", fragte Eske in die Runde. Alle waren begeistert. Kalle und Thomas zogen das schwere braune Tuch des Vorsegels hoch und selbst

Boris machte sich an der Winschkurbel nützlich. Die Botterfock entfaltete sich in der Abendbrise. Hans-Dieter Bindestrich stoppte die Maschine. Eine himmlische Ruhe kehrte ein. Eske atmete tief durch. Das war es, was sie so liebte: Nichts zu hören als das leise Rauschen der Bugwelle, das Knacken in der Takelage und das Geschrei der Vögel. Sogar Madita nahm die Ohrstöpsel heraus, krabbelte ganz nach vorne auf die Back und schaute versonnen in die Ferne.

Nach einer guten Stunde hatten sie den Westen der Insel erreicht. Die Crew barg das Segel und faltete es unter den kritischen Augen des Bootsmanns ordentlich zusammen.

Eske überließ dem alten Fahrensmann das Anlegemanöver, diesen Triumph gönnte sie ihm von Herzen. Jetzt hatte er das Kommando!

In der Hafeneinfahrt lief eine gefährliche Querströmung und Hans-Dieter musste aufpassen, um nicht auf die Mole gedrückt zu werden. Am Ufer waren haufenweise Touristen, die interessiert beobachteten, wie das alte Schiff mit seiner Besatzung einlief und festmachen wollte.

„Geh an die Steuerbord Schwerttalje und fier weg, wenn ich es sage", knurrte Hans-Dieter Kalle an. „Steuerbord Schwerttalje wegfieren", wiederholte dieser verständnislos, stellte sich dann aber doch an die richtige Leine, mit der das rechte Seitenschwert hinabgelassen und heraufgeholt werden konnte.

„Jetzt", gab der Bootsmann das Zeichen. Hatte seine Stimme etwas gezittert? Wenn Kalle sich jetzt blöd anstellte, würden sie seitlich auf die anderen Schiffe gedrückt werden.

Aber Kalle tat, was er tun musste. Er warf die Leine los und das schwere Seitenschwert rasselte in die Tiefe. Hans-Dieter Bindestrich legte das Ruder und die *"Hope of Zegen"* drehte sauber auf dem Teller. Am Bug hatte Eske mit der Festmacherleine Position bezogen. Ein vierschrötiger Ostfriese stand an der Pier und war bereit, die Leine anzunehmen. „Wahrschau", rief Eske und warf ihm die Trosse so genau zu, dass der Mann sich bücken und seine Mütze festhalten musste. „Für ein Mädchen kein schlechter Wurf", brummte der. Woher sollte er auch wissen, dass er es mit der Skipperin zu tun hatte?

Der Rest der Mannschaft stand am Heck, gab mit betont gelangweilten Mienen die Festmacherleinen an Land und wies die seeunerfahrenen und staunenden Touristen an, über welchen Poller sie das Leinenauge zu legen hatten. Dann lag das Schiff fest vertäut an der Pier.

„Das Inselbähnchen fährt gleich los", rief Eske. „Wer ins Dorf will, sollte sich beeilen." Die meisten wollten und machten sich auf den Weg zu den bunten Waggons. Die Bahn setzte sich heftig tutend in Bewegung und zuckelte im Schneckentempo durch die Salzwiesen.

Auch Eske war mitgefahren. Sie brauchte ein paar Stunden ohne Schiff, ohne ihren Bootsmann und ohne ihre Gäste. Sie würde einige persönliche Besorgungen machen und sich dann in eine möglichst dunkle Ecke ihrer Langeooger Lieblingskneipe, dem „Dwarsloopers", verziehen.

Um neun Uhr abends fuhr das Bähnchen zum Hafen zurück und Eske traf im Zug auf Thomas, Jutta, Madita und Kalle. Klaas und Christine fehlten.

Jutta und Thomas tauschten sich gerade über Kochrezepte aus, als Madita rief: „Ich glaub es ja wohl nicht!" Der Zug hatte inzwischen die Salzwiesen erreicht und schlängelte sich durch die Einsamkeit der Dünen. Madita wies aus dem Fenster. Durch das Dünengras bummelte ein ungleiches Pärchen: Christine und Klaas. Christine hatte sich bei Klaas eingehakt und beide schienen ihre Umgebung kaum wahrzunehmen. „Ekelhaft! Jetzt macht sie sich auch schon an Kinder ran."

Christine und Klaas stolperten kichernd durch die Natur. „Die sind wir los", rief Christine und winkte dem schwindenden Zug hinterher. „Jetzt sind wir allein." Ein Rebhuhn kreuzte aufgeregt vor ihnen über den Weg.

„Schlechtes Netz hier", sagte Klaas und tippte irgendetwas auf seinem Smartphone herum.

„Schlechtes Netz, das ist schlimm." Christine gurrte diese Worte mit tiefer rauchiger Stimme in das Ohr von Klaas. „Wo wir doch im Moment vor allem ein gutes Netz brauchen." Klaas lief rot an. Tiefrot. Süß, wie der Junge so verlegen wurde!

„Selbst Siri funktioniert hier nicht mehr."

„Siri - ist das deine Freundin?", fragte Christine gedehnt zurück. „Klingt exotisch."

„Ich habe keine Freundin. Siri ist eine Computerstimme. Eine digitale Assistentin. Eine Spracherkennung."

„Eine Assistentin. Eine digitale Assistentin. Oh." Christine zog an ihrer Zigarette. Die Wolken hatten sich über dem Festland zusammengezogen und im Westen begann der Himmel sich rot zu färben. Christine zog ihre Schuhe aus und sprang barfuß durch den Dünensand. In ihrer Jugend hatten sie am Lagerfeuer Protestsongs zur Gitarre gesungen, statt sich mit Computerstimmen zu beschäftigen.

„Führ sie mir mal vor, deine Assistentin", bat sie Klaas.

Klaas spazierte einige Schritte hin und her, bis er eine Stelle gefunden hatte, auf der die Anzeige seines iPhone ein G-Netz signalisierte. Dann drückte er auf einen Knopf und sprach in das Gerät: „Siri, wie wird das Wetter morgen?"

Nach einigen Sekunden antwortete der Apparat mit einer blechernen Frauenstimme: „Oh je, für morgen sieht es leider gar nicht gut aus." Es folgten Angaben über Bewölkung, Temperatur und Regenwahrscheinlichkeit.

Christine musste lachen. „Und was kannst du deine Siri noch so alles fragen?"

„Alles eigentlich."

„Frag sie mal: Ist die Liebe schön?"

Siri antwortete prompt, aber nicht ganz zutreffend mit dem Satz: „Siri ist aktiviert." So vollständig ausgereift war die Technik offenbar noch nicht.

„Frag deine Siri doch einmal, ob hier irgendwo eine Bank ist, auf der wir uns einen Moment setzen können."

Die Ohren von Klaas verfärbten sich jetzt in dunkles violett. Endlich hatte er eine Netzverbindung. „Siri, wo ist eine Bank?", fragte er.

„Eine Möglichkeit in der Nähe wäre die Raiffeisenbank Langeoog, Barkhausenstraße 12. Hört sich das gut an?"

Christine und Klaas lachten albern. Dann fanden sie hinter der nächsten Biegung des Weges eine Bank, die nicht zum Raiffeisenverbund gehörte. Sie stand dort, morsch und verwittert zwischen den Hagebuttenhecken. Christine setzte sich auf die Bretter, zog die Knie an, stellte die nackten Füße auf die Sitzfläche und streifte sich den Sand von den Fußsohlen. Dann steckte sie sich eine neue Zigarette an und nahm einen tiefen Zug. Sie deutete auf den freien Platz neben sich: „Setz dich doch!"

Klaas stand eine Weile unschlüssig herum, dann hockte er sich folgsam hin, ganz ans Ende der Bank. Er war nervös, er schwitzte und seine Brillengläser beschlugen. Christine näherte sich und nahm ihm die Brille langsam vom Gesicht. Die Bügel verhakten hinter seinen Ohren.

Dann hauchte sie auf die Gläser, eines nach dem anderen und begann, sie am Hemd von Klaas abzureiben. Schließlich setzte sie ihm die Brille im Zeitlupentempo wieder auf und kontrollierte den Sitz der Bügel hinter den Ohren. „Wie kommt es, dass ein junger Mensch wie du keine Freundin hat?"

„Och", machte Klaas leise. „Ich hatte eben noch keine."

„Du willst mir doch nicht sagen, dass du noch nie eine Freundin hattest?" Christine konnte es nicht glauben. „Wie alt bist du eigentlich, Klaas?"

„Vierundzwanzig", gab Klaas Auskunft.

„Aber sexuelle Erfahrungen hast du schon, oder? Hast wenigstens schon mal eine Frau geküsst und mit ihr geschlafen?"

„Noch nicht", räumte Klaas fast tonlos ein. „Aber gelesen habe ich viel darüber. Und Filme gesehen." In diesen Filmen hatten die Kerle das Heft in der Hand, stellten extreme Dinge an und die Frauen schmolzen nur so dahin. Hier aber saß er wie die Fliege im Spinnennetz, je mehr er zappelte, desto heftiger verstrickte er sich.

„Entspanne dich doch, mach dich locker! Frauen stehen auf lockere Typen."

„Ich bin völlig locker!", gab Klaas mit zittriger Stimme zurück. Seine Hände schwitzten.

„Ich fresse dich doch nicht", sagte die Spinne zu ihrem Opfer und sah es mit einem nachdenklichen Blick an. „Denk an etwas anderes. Oder denk am besten an gar nichts. Denken ausschalten, Fühlen einschalten. Was bedeutet eigentlich der Spruch auf deinem T-Shirt ‚Unix is sexy'?"

„UNIX ist ein Computerbetriebssystem, das es vielen Personen ermöglicht, gleichzeitig auf dieselben Quellen zuzugreifen und dabei das Risiko eines Systemabsturzes begrenzt", dozierte Klaas, der heilfroh war, wieder festen Boden unter den Füßen zu haben.

„Das ist also Unix", wiederholte Christine und strich gedankenverloren mit ihrer Hand über den Schriftzug auf dem Hemd. „Und was bedeutet sexy? Jetzt pass mal auf, du Professor. Hier kommt ein Amuse-Gueule, du Dummkopf." Dann hauchte sie dem Jungen einen Kuss auf dessen Ohr, der Hundertjährige in Ektase versetzt hätte.

„Amuse - was?", stammelte der verdattert.

„Amuse-Gueule", hauchte die Spinne. „Ein Appetithäppchen. Nicht zum satt werden. Sondern zum Neugierde wecken. Auf den nächsten Gang." Christine wischte die Spuren von Giorgio Armani von seinem Ohr, die ihr Lippenstift dort hinterlassen hatte. Dann erklärte sie ihrem Eleven, dass auf das Amuse-Gueule gewöhnlich mehrere Vorspeisen folgen, die den Einstieg in ein langes mehrere-Gänge-Menü darstellen.

Der Mond war längst aufgegangen und tauchte die Insel in ein fahles Licht, als das ungleiche Paar endlich bei Dessert und Digestiv angekommen war. Lange noch blieben sie auf der Bank sitzen. Dann wanderten sie eng umschlungen durch die Nacht in Richtung Hafen.

„Dass das mal klar ist", stellte Christine nach einer langen Phase des Schweigens fest, „das war Freundschaft. Große Freundschaft, aber keine Liebe."

Klaas antwortete nicht. Stattdessen begann er das uralte Lied von Zarah Leander zu summen: *Kann denn Liebe Sünde sein?*

„Schlag dir das aus dem Kopf!", schalt Christine. „Ich könnte gut deine Mama sein. Und kein Sterbenswörtchen zu den anderen, hörst du? Jetzt ist jetzt und morgen ist morgen."

Trotz seiner Traurigkeit musste Klaas lachen. Er griff die zierliche Frau und hob sie einfach hoch in die Luft, wo sie mit den Beinen zappelte. „Du hast ja schon richtig was gelernt bei unserem Guru. Leben im Hier und Jetzt."

„Lass mich sofort herunter!"

„Nur, wenn du mir noch einen Kuss gibst. Einen einzigen."

„Erpresser!"

„Das ist mir egal!"

„Ich zeige dich bei unserer Skipperin an!"

„Ich melde dich als verstockt bei unserem Guru!"

„Ich sorge dafür, dass du Nachhilfe bei Frau Jutta Starenberg-Krollmann bekommst!"

„Nachhilfe in französischen Speisekarten?"

„Lass mich jetzt runter, ich bekomme keine Luft mehr!"

„Du kennst meine Bedingung!"

Sie küsste ihn mit einem lauten Schmatzen auf die Nase.

„Das zählt nicht!", protestierte er.

„Dann pass gut auf und merk dir alles genau. Es wird das letzte Mal in diesem Universum und diesem Leben sein, dass du von mir geküsst wirst. Bengel! Du solltest schon längst im Bett liegen!"

„Mit dir?" - was war nur aus diesem schüchternen Nerd geworden?

Und sie versanken noch einmal in der Süße eines verbotenen Kusses. Dann gab sie ihm einen Schubs und lief davon, barfüßig und lachend.

Im Bootshaus des Langooger Segelvereins brannte noch Licht. Irgendeine Feier war dort noch im Gange und Musik drang nach außen - Suzanne von Leonhard Cohen.

„And you want to travel with her
And you want to travel blind
And you know that she will trust you
For you've touched her perfect body with your mind"*

Die Fensterscheiben des Bootshauses klirrten bei den übersteuerten Bässen in ihrem altersschwachen Kitt. Die beiden drückten sich ihre Nasen am fast blinden Glas platt. Drinnen war Engtanz angesagt.

And the sun pours down like honey
On our lady of the harbor
And she shows you where to look
Among the garbage and the flowers.

Endlich rissen sie sich los, gingen die letzten Meter zur Pier und schlichen sich auf das Schiff, das gerade im auflaufenden Wasser aufgeschwommen war und in der leichten Strömung an den Festmacherleinen schwoite. Die zusammengekauerte Frauengestalt, die auf der Back vor dem Ankerspill hockte, bemerkten sie nicht.

Mittwoch

Von Langeoog nach Norderney

„*Morning has broken*", plärrte das Smartphone von Eske. Sie fuhr hoch, tastete hektisch nach dem Gerät und stellte es lautlos. Sie blickte auf ihre Armbanduhr: Es war fünf Uhr in der Früh. Die Nacht war kurz gewesen und sie hatte schlecht und unruhig geschlafen, aber es war höchste Zeit, aufzustehen. Wenn sie das Wattenhoch von Norderney rechtzeitig passieren wollten, mussten sie spätestens um sechs Uhr ablegen.

„Reise reise", sang sie den Weckruf der Seeleute. Sie sang es halbherzig und ziemlich leise und hoffte heimlich, ihre Gäste würden nicht wach werden. Wenn sie und der Bootsmann das Schiff klar machten, ablegten und auf See waren, bis die Seminarteilnehmer aus den Kojen krabbelten und Unheil stiften konnten - das wäre am wenigsten Stress.

Hans-Dieter war schon angezogen. Auf ihren Bootsmann war Verlass, auch wenn der gestern wieder einmal zu tief ins Glas geblickt hatte. Verschworen zwinkerte er ihr zu und hielt den Finger vor den Mund: „Psst, bloß die Pappnasen nicht wachmachen!" Lieber erledigte er alle anstehenden Aufgaben selbst, als dass ständig irgendeine Landratte im Wege herumstand und ihn mit dämlichen Fragen nervte.

Eske checkte noch einmal den Wetterbericht. Norddeich-Radio meldete einen auf Nordwest drehenden Wind mit der Windstärke 6, in Böen 8. Das würde ruppig werden, vor allem in den beiden Seegatten. Es waren Schauer und Kälte vorhergesagt: nur zwölf Grad. Eske legte sich ihr schweres Ölzeug zurecht, das würde sie heute brauchen können. Auf der *"Hope of Zegen"* gab es ja kein Ruderhaus, in dem der Steuermann vom Wetter geschützt stand. Der Skipper hatte am Ruder draußen zu stehen und dort konnte es sehr kalt und nass werden! „Vollwaschgang" nannten die Segler diese Dauerdusche aus kaltem Seewasser.

Eske kontrollierte die Schwimmwesten. Wer an Deck wollte, würde bei dieser Wetterlage eine tragen müssen, da würde sie sich auf keine Diskussionen einlassen.

Hans-Dieter kam aus dem Maschinenraum und fluchte verhalten. Wieder einmal hatte er sich seinen Schädel an einer vorstehenden Kante gestoßen und sich eine Beule zugezogen. „So groß bist du doch gar nicht", neckte Eske ihn. Aber der alte Bootsmann ging nicht auf ihren Spaß ein, sondern machte eine sorgenvolle Miene, als er sich die Finger an einem Putzlappen abwischte, der noch mehr Schmierfett enthielt, als seine Hände.

„Irgendetwas stimmt mit dem Motor nicht. Keine Ahnung, was er hat", knurrte er. „Gefällt mir gar nicht."

Sie kontrollierten noch einmal alles, konnten aber keinen Fehler finden. Für eine genauere Suche fehlte die Zeit. „Auf Norderney schauen wir noch mal alles nach, aber jetzt müssen wir los", entschied Eske. Sie drückte den Starterknopf. Der Anlasser orgelte stöhnend. Der Schiffsdiesel sprang keuchend an und lief einige Umdrehungen. Dann stieß er eine dunkle Qualmwolke aus und blieb stehen. Erst nach dem dritten Startversuch erklang das beruhigende „Tuk-tuk", das den Bootskörper zum Vibrieren brachte.

Jetzt war auch Thomas wach geworden und kam mit seinem lustigen Schlafanzug mit den aufgestickten Teddybären an Deck. „Kann ich irgendetwas helfen?"

Aber Hans-Dieter hatte schon die Festmacherleinen losgeworfen und den Bug abgedrückt. Das Schiff nahm Fahrt auf. Die Männer schossen die Leinen auf und verstauten die Fender. Bevor sie die Hafeneinfahrt passierten, gab Eske das Ausfahrtsignal: ein langer Warnton mit dem Schiffstyphon. Jetzt war auch der Rest der Mannschaft wach und kam nach und nach aus den Kojen.

Die *"Hope of Zegen"* musste gegen den starken Flutstrom und den Nordwestwind ankämpfen und kam nur langsam voran. Das Schiff stampfte schwer in der Dünung. Der Kurs führte zwischen den Inseln Langeoog und Baltrum hinaus auf die Nordsee. Ein Fischkutter kam ihnen entgegen, umgeben von einem Möwenschwarm. Links und rechts stand die Brandung auf den Sandbänken.

Eske winkte Boris zu sich heran. „Boris, sorg bitte dafür, dass jeder an Deck eine Schwimmweste trägt. Jeder, nicht nur unsere Diabetikerin"

„Wieso das denn?", maulte der. „Das Wasser ist doch ganz ruhig und es sind alles erwachsene Leute."

„Anordnung von der Schiffsführung", entgegnete Eske knapp und blitzte ihn an. Sie hatte keine Lust, diesem Binnenländer auseinanderzusetzen, dass es gleich mit Ruhe und Beschaulichkeit vorbei sein würde. Nach der Kursänderung würden sie in das Baltrumer Wattfahrwasser einlaufen und dort stand Wind gegen Strom.

„Aber du trägst doch keine." Das stimmte. Wie die meisten Berufsschiffer achtete Eske peinlich auf die

Sicherheit ihrer Gäste, legte selbst aber Schwimmweste und Lifebelt nur an, wenn es richtig hart kam. Also schnallten sie und der Bootsmann sich die unbequemen Dinger an, letzterer nur unter Kopfschütteln und unter Protest. Hoffentlich sah ihn keiner von seinen Kollegen! Was für die Babys hier an Bord angemessen war, galt doch nicht für einen erfahrenen Seemann!

Bei der Ansteuerungstonne A9/B26 im Seegatt legte Eske hart das Ruder und der Kurs ging im spitzen Winkel wieder auf das Festland zu, dicht unter dem Ostende von Baltrum entlang. Jetzt stand Wind gegen Strom und eine kurze, steile See hatte sich aufgebaut. Das alte Schiff stampfe und warf sich gegen die Wellen. Gischt spritze in hohem Bogen. Madita und Thomas, die sich ganz nach vorne auf die Back verzogen hatten, kreischten vor Vergnügen. Im Nu waren sie völlig durchnässt.

In der Kajüte flog alles, was nicht ordnungsgemäß seefest verstaut war, durcheinander. Christines Schmink-täschchen kippte um und mindestens zehn verschiedene Lippenstifte kullerten über den Kajütboden. Ihre Besitzerin versuchte sie einzufangen, krabbelte ihnen hinterher und schlug sich den Kopf an der Tischkante an. Karin gab es auf, für die Crew Kaffee zu kochen und hockte sich still in eine Ecke. Kalle sah merkwürdig blass aus und würgte. Er probierte, sich durch Konzentration auf die hin- und her rollenden Schminkutensilien abzulenken. Nur Jutta Starenberg-Krollmann schien das Inferno zu genießen. „Herrlich!", rief sie ein ums andere Mal, wenn das Schiff besonders schwer überholte und den anderen der Mageninhalt im Halse hing, „herrlich!".

Dann war der Spuk vorbei. Die *"Hope of Zegen"* hatte den Schutz der Insel Baltrum erreicht und schlagartig war die See ruhig und friedlich geworden. Hans-Dieter

Bindestrich steckte seinen Kopf durch die Kajüttür und besah sich die Bescherung. „Alles in Ordnung soweit bei den Herrschaften?", fragte er hämisch, stieg den Niedergang hinunter. Dabei trat er auf einen der herumrollenden Lippenstifte, rutschte aus und schlug hin.

Das Schiff tuckerte jetzt das Baltrumer Wattfahrwasser entlang. Es war inzwischen sechs Uhr morgens und die Sonne war aufgegangen. Der Himmel über ihnen war blau, aber über dem Festland hatten sich dunkle Wolken aufgebaut. Pricke um Pricke arbeitete sich das Schiff gegen den frischen Wind nach Westen vor.

Nach und nach kamen auch die anderen an Deck, um den Morgen zu genießen. Klaas und Christine vermieden es, sich in die Augen zu sehen. Madita ignorierte ihre Mama vollständig. Die anderen Crewmitglieder aber waren guter Dinge, bis auf Boris, der als Letzter auftauchte. Er sah nicht gut aus. Die Haare standen ihm wirr vom Kopf, er war blass und wirkte nicht gerade erleuchtet. Die psychedelischen Getränke des gestrigen Abends waren wohl doch zu hoch dosiert gewesen.

„Guten Morgen, lieber Boris", flötete Eske. „Auch schon wach?"

„Morgen", kam es eintönig zurück. Der ganze Mann sah zerknittert aus: das T-Shirt, die Jogginghose, das Gesicht.

„Schluck Kaffee?", fragte Eske und hielt ihm ihren Becher hin.

Boris griff mit beiden Händen nach dem Trinkgefäß und nahm einen kräftigen Zug. „Eigentlich trinke ich morgens nur Ingwertee", sagte er. „Soll das Qi stärken. Könnte ich momentan brauchen." Dann musste er über sich selbst lachen.

Eske ließ ihn stehen und verzog sich nach vorne auf die Back

Die *"Hope of Zegen"* passierte die Insel Baltrum, das kleine Seegatt zwischen Baltrum und Norderney und fuhr den langen Wattenweg von Norderney entlang. Dann machten sie an der Mole fest.

„Hier gibt es ja Autos", stellte Karin enttäuscht fest. Das Leben ohne Kraftfahrzeuge auf den anderen Inseln hatte ihr gut gefallen. Nach einigen autofreien Tagen merkte man erst einmal, welchen Krach und welchen Gestank ein einziger Wagen verursachte. „Die ostfriesischen Inseln sind eben sehr verschieden", antwortete Eske ihr. Auch sie empfand Norderney als sehr städtisch.

Ein Teil der Crew machte sich auf, Insel und Stadt Norderney zu erkunden. Kalle und Thomas standen bereits auf der Pier, Klaas gesellte sich dazu und auch Madita kletterte von Bord. Als sie die Stufen der Leiter an der Kaimauer emporstieg, knickte sie mit dem Fuß um. Ein scharfer Schmerz zog ihr in das Gelenk. Klaas lief besorgt zu ihr.

„Hast du dich verletzt?"

„Nicht so schlimm, geht schon."

„Lass mal sehen. Ich war mal beim Roten Kreuz." Er kniete sich vor die junge Frau hin. Die stellte ihren Fuß auf einen Poller und sah zu, wie Klaas ihr die Sandalen auszog, ihre Socke abstreifte und die Leggings hochschob. Ein wildes Tattoo kam zum Vorschein, es zeigte eine furchterregende Spinne, die gerade einen Jüngling verspeiste. Dort, wo der angsterfüllte Kopf des armen Opfers in den Beißwerkzeugen des Gliederfüßers verschwand, schwoll der Außenknöchel gefährlich an. Klaas legte seine Hand auf die Beule und prüfte fachmännisch die Beweglichkeit des lädierten Gelenkes.

„Sieht nicht gut aus", meinte er. „Ist vielleicht besser, wenn du hierbleibst. Ich kann dir ja Gesellschaft leisten."

„Auf keinen Fall", beschied Madita in kurz. Sie musste jetzt einfach einmal herunter vom Schiff, heraus aus dieser Enge. Und ein Geturtel von ihrer mannstollen Mama mit Klaas, diesem Nerd, wollte sie nicht noch einmal erleben. Was er nur an ihr fand? Sie könnte doch seine Mutter sein.

Klaas richtete sich auf, klopfte sich umständlich den Staub von der Hose und rückte seine Brille zurecht. „Ich helfe dir", bot er an und legte den Arm des Mädchens um seinen Hals, um sie zu stützen. „Versuch mal, ob du auftreten kannst."

Madita versuchte es zögernd. Es tat weh, aber es ging. Und die Nähe des jungen Mannes, der ihr ritterlich half, fühlte sich nicht schlecht an. Langsam humpelten sie hinter Kalle und Thomas her, die immer wieder besorgt anhielten.

Dann hatten sie die Stadt Norderney erreicht. Hier gab es Supermärkte und eine Tankstelle. Lastwagen lärmten über die Zufahrtsstraße. Ein Bagger hob eine Baugrube aus.

„Wollt ihr was trinken?" Thomas hatte eine Kneipe entdeckt und lugte durch die offene Tür in das Innere der „Haifischbar". Shantymusik drang aus der rauchigen Luft heraus. „*Fifteen men on a Deadmen's chest*", röhrte die Musikbox.

Gegen eine kleine Erfrischung in der Kneipe hatte niemand etwas einzuwenden und so folgten sie Thomas in den schummrigen Innenraum.

Ihre Augen mussten sich erst an das dämmrige Licht gewöhnen. Der Raum war von einer langen Theke durchzogen, über der eine Meerjungfrau mit Fischleib und Engelsflügeln aufgehängt war. Die Wände waren mit Postkarten zugeklebt. Auf den Tischen standen Schiffsmodelle in allen Variationen. Hinter der Theke spülte ein riesiger Bursche in einem Matrosenanzug Biergläser, die in seinen gewaltigen Pranken wie aus der Puppenstube aussahen.

Die Kneipe war fast leer. Nur an einem Tisch saß eine Frauengruppe, sechs Damen mittleren Alters, die interessiert von den Neuankömmlingen Notiz nahmen. Die Ladys schienen bester Stimmung zu sein. Den Gläsern auf dem Tisch nach hatten sie schon einiges konsumiert.

Thomas steuerte auf den Tisch neben ihnen zu. „Guten Tag, die Damen", säuselte er, „ist hier noch frei?"

„Natürlich, mein Junge." Die Dickste aus der Gruppe rückte einen der freien Stühle einladend zurecht und pflückte ihre gewaltige Damenhandtasche von der Sitzfläche. „Setz dich. Aber dann musst du auch einen mit uns trinken!" Sie hielt ihm ihr Schnapsglas hin, das noch halb mit einer trüben Flüssigkeit gefüllt war. „Nicht schnacken - Kopf in Nacken!", kommandierte die Dame.

Gehorsam prostete Thomas dem Damenkränzchen zu und kippte die undefinierbare Flüssigkeit durch die Kehle. Es schmeckte nach Lakritze und Süße und war mit Sicherheit hochprozentig.

„Gut Holz - gut Holz - gut Holz!", brüllten die Ladys und knallten ihre leeren Gläser auf die Tischplatte. Ein kurzer Wink, der Hüne im Matrosenanzug unterbrach seine Spültätigkeit und kam mit der Gluckerflasche an den Tisch geschlurft. Nebst vier Schnapsgläsern für die

Neuankömmlinge von der *"Hope of Zegen"*. Im Nu war die Luft aus den Gläsern gelassen.

„Was macht ihr Süßen hier auf der Insel?", fragte die Dicke mit dem Ringelpulli und drohte Thomas schelmisch mit einem verkleinerten Kegel, den sie an einer Kette um den Hals trug. „Seid ihr auch ein Kegelklub? Wir sind die ‚Flotte Gosse' aus Grevenbroich."

Thomas besah sich das Gebilde. Der Hals des Kegelmodells bestand aus einem Gewinde und der Rumpf wurde von einem Schnappsfläschchen gebildet. „Eiserne Ration, Wegzehrung?", fragte er und deutete auf den Anhänger, der auf dem riesigen Busen thronte.

„Genau!" Die Dicke lachte, dass der Kegelanhänger hüpfte.

„Wir sind mit einem Schiff hier", schaltete sich Kalle in das Gespräch ein.

„Seemänner!" „Matrosen!" Die Mädels aus Grevenbroich waren gerührt und begeistert. „Blaue Jungs von der Waterkant! Wie romantisch!"

„Blaue Jungs und blaue Mädels." Obwohl Klaas das nur halblaut vor sich hingesagt hatte, war dieses Bonmot nicht ungehört geblieben. Die Damen kreischten vor Vergnügen und klopften sich auf die Schenkel. Der geistreiche Einfall wurde mit einem donnernden fünffachen „Gut Holz!" belohnt. Klaas bekam von seiner Nachbarin einen schmatzenden Kuss auf die Wange und musste danach erst einmal seine Brille putzen.

„Deine Tochter?", fragte die dicke Ringelpulli-Mutti zu Kalle gewandt und deutete mit dem leeren Schnapsglas auf Madita, die mit versteinerter Miene am äußersten Ende des Tisches saß. „Komm, Mädel, stoß mal mit Mama Ingrid an!"

„Nastrowje", sagte Madita leise und kippte den Inhalt des Glases heimlich in den Blumentopf neben ihr. Die anderen Schnäpse waren dort auch schon gelandet.

„Eine Russin!", stellten die Mitglieder des Kegelclubs Flotte Gosse aus Grevenbroich scharfsinnig fest. „Wie kommst du auf dieses Schiff?"

„Paschausta. Brachmani anjanow meljilka. Kakdela. Chrustschow Perestroika", flüsterte Madita fast unhörbar.

Klaas trat ihr unter dem Tisch gegen das Schienbein. Auf der gesunden Seite. Jetzt schmerzten beide Beine. Madita schneuzte sich geräuschvoll in ihr Taschentuch.

„Das arme Mädchen!", rief der Kegelclub unisono.

Kalle beugte sich bedeutungsschwer vor und winkte die Mitglieder der flotten Gosse zu sich heran. „Könnt ihr schweigen?"

Natürlich konnten sie. Der Schwur wurde mit einer weiteren Runde Küstennebel besiegelt. Und dann packte Kalle aus.

„Wir haben sie in Pralodirsk an Bord geschmuggelt. Und im Rettungsboot versteckt. Von da an waren sie hinter uns her." Kalle wurde förmlich von der Erinnerung geschüttelt. Klar, dass die Flotte Gosse noch eine Runde geistiger Getränke orderte, um die Verarbeitung der schlimmen Erinnerungen zu erleichtern.

„Hatte die Russen-Mafia dich in den Klauen?", fragte Ringelpulli-Ingrid und blickte empört in ihr leeres Glas. „Diese Schweine!"

„Brasiwow." Das zarte, verschüchterte Mädchen war jetzt sichtlich den Tränen nahe. „Krab-krab kes patöffem!"

„Ich verstehe sie gar nicht", mischte sich jetzt eine der anderen Kegelschwestern ein. Sie hatte einen Russisch-kurs bei der Volkshochschule Grevenbroich belegt.

„Sie kommt aus Nieder-Sibirien", klärte Thomas sie auf. „Die haben eine eigene Sprache." Und dann erzählte er die ganze unglaubliche Geschichte, wie eine Handvoll unerschrockener Menschen unter der Leitung des For-schers Boris *Ashoka* von der Humboldt-Universität Zürich und der tollkühnen Seglerin Eske tom Dijk zu einer Expedition aufgebrochen waren, um das arme Ge-schöpf zu befreien. Wie sie todesmutig die schwersten Abenteuer zu bestehen hatten. Und wie froh sie waren, dass sie jetzt Norderney erreicht hatten, wo sie sich sicher fühlen konnten. „Einigermaßen sicher wenigstens", schloss Thomas mit einem besorgten Blick auf die Ein-gangstür der Haifischbar.

„Ihr seid Helden!" Ringelpulli-Ingrid legte ihre flei-schige Hand Thomas auf die Brust. „Wir sind stolz auf euch! Gut Holz!"

Einige Runden Küstennebel später verblassten die schrecklichen Erinnerungen und die Stimmung wurde ausgelassener. „What shall we do with a drunken sailor?", grölten die Kegelschwestern.

„Hast du ein Tattoo?", wollte Ingrid wissen und schob den Ärmel von Thomas Pullover hoch um dessen Unter-arm zu untersuchen. „Alter Schwede! Das nenne ich Muskeln! Und wo ist die Seejungfrau? Oder der Anker?"

„Hab ich nicht", musste Thomas einräumen. „Noch nicht."

Das ginge ja nun gar nicht, war das einhellige Urteil der Kegelschwestern aus Grevenbroich. „Bring mal nen Edding", wurde der Hüne hinter dem Tresen beschieden. „Und wenn du schon unterwegs bist, kannst du auch noch gleich eine Runde Küstennebel liefern." Nachdem die vernichtet war, verzierte Ringelpulli-Ingrid den Unterarm von Thomas mit einem gewagten Stillleben, auf dem ein Anker, ein Schiff, ein Ungeheuer und eine Seejungfrau auszumachen waren. Letztere wies eine gewisse Ähnlichkeit mit Madita auf, die genervt die Augen verdrehte. Der Rest der Truppe war aber begeistert und feierte das Kunstwerk mit drei frenetischen „Gut Holz!"

„Lass uns gehen", flüsterte Madita Klaas zu. „Diese besoffenen Spießer-Muttis rauben mir den letzten Nerv. Kommst du mit an den Strand?"

Klaas nahm die Brille ab, putzte sie umständlich und setzte sie sich wieder auf die Nase, ganz vorne auf die Spitze. So schlecht fand er es in dieser Runde gar nicht. Eine der Kegelschwestern hatte es sichtlich auf ihn abgesehen. „Ich heiße Rosa", klärte sie ihn auf und tippte schelmisch mit dem Zeigefinger auf beide Brillengläser. Jetzt hatte er Fingerabdrücke auf den frisch polierten Gläsern.

„Hey, hey", beschwerte er sich lachend.

„Ist der süß!", rief die Verursacherin der Fettflecken begeistert. Dann nahm sie ihm die Brille wieder ab, hauchte die Gläser an und rieb sie an ihrem T-Shirt sauber. Schließlich wurde die Sehhilfe wieder aufgesetzt.

„Jetzt habe ich den totalen Durchblick", scherzte Klaas gequält.

„Gut Holz - Gut Holz -Gut Holz", kreischte die Damenriege.

„Matrose, ich will ein Autogramm von dir", verlangte Rosa von Klaas jetzt. „Hierher!" Sie strich mit der Hand über ihr T-Shirt, wies auf ihren gewichtigen Busen und hielt dem Jungen den Filzstift auffordernd unter die Nase.

„Das kann ich, glaube ich, nicht", antwortete der und wurde auch noch rot bis über beide Ohren. Dann zuckte er zusammen. Madita hatte ihm schmerzhaft auf den Fuß getreten.

„Er ist schüchtern. Wie schnuckelig! Hier mein Hase, dagegen habe ich etwas", dröhnte jetzt Ringelpulli-Ingrid, nahm den Kopf des armen Jungen in den Schwitzkasten und flößte ihm eine weitere Ration Küstennebel ein. „Schluck runter, das hilft!"

„Gut Holz", schrien alle und knallten die leeren Gläser auf die Tischplatte.

„Wie heißt du eigentlich?", wollte die Anwärterin auf das Autogramm wissen.

„Klaas", antwortete der Unglückliche.

„Schreib also: Für Rosa von Klaas."

Thomas und Kalle nickten ihm aufmunternd zu. Madita schaute weg. Also begann Klaas gottergeben, den gewaltigen Vorbau von Rosa aus dem Ruhrgebiet zu verzieren. Die Schrift war ziemlich verzittert, vor allem an den Stellen, an denen Rosas T-Shirt sich ausbeulte, als ob darunter Fender verborgen wären. Beim „s" von „Klaas" schrie Rosa auf, so kitzelte das. „Das schreibt ja durch!"

Davon konnten sich alle überzeugen, als Rosa das T-Shirt anlüpfte, um ihre Haut zu kontrollieren. „Gut Holz!", riefen jetzt Klaas, Thomas und Kalle und der Rest der Truppe fiel ein.

Ein paar Runden Hochprozentiges später wurde die Idee geboren, das sagenumwobene Schiff, Ort der geschilderten Heldentaten, zu besichtigen. Ingrid winkte den Theken-Hünen heran und leerte die Klubkasse aus, die sich in einem abgegriffenen Schminktäschchen befand. Mit einem ergebenen Seufzer zählte der Wirt die Münzen zusammen. Es war ein Euro und 22 Cent mehr als der stattliche Rechnungsbetrag, zwei Knöpfe und die Marke für einen Einkaufswagen nicht mitgerechnet. „Stimmt so", rief Ringelpulli-Ingrid großzügig und tätschelte dem Ostfriesen die Wange. Dann machte sich eine schwankende Truppe auf den Weg zum Hafen. Die Kegelschwestern hatten die Männer eingehakt und stimmten Shantys an.

Madita humpelte der Gruppe in gebührendem Abstand hinterher. Ihr Fuß schmerzte, aber das schien niemanden zu interessieren. Klaas hatte anscheinend auch Wichtigeres zu tun, als sich von Rosa mit Beschlag belegen lassen und erklärte ihr sein Handy. Seufzend nahm Madita auf einer Bank Platz und massierte ihr Gelenk. Dann schlich sie den anderen hinterher. Ätzend waren diese Leute, Klaas ganz besonders!

Auf der *"Hope of Zegen"* wischte sich Eske gerade die ölverschmierten Finger an einem Putzlappen ab. Irgendeinen Grund musste es doch geben, dass die Maschine so schlecht ansprang! Wieder aber hatten sie keinen Fehler finden können.

Hans-Dieter Bindestrich hatte es sich schon in der Plicht gemütlich gemacht und schaute mit stierem Blick nach achtern. Eine Flasche Bier und ein Schnapsglas mit einer dunklen Flüssigkeit standen neben ihm und er kaute auf einem Brotknust herum. „Willst du auch ein Bier?", fragte er seine Skipperin.

Eske lehnte ab. Der Alkoholkonsum ihres Bootsmannes bereitete ihr Sorgen. Sie wusste, dass Hans-Dieter gefährliche Herzrhythmusstörungen bekommen konnte, wenn er trank. Jeden Morgen musste er eine

Handvoll bunter Tabletten schlucken, was er unter Gebrumme und lautem Schimpfen über das Gift und die ganze Chemie tat.

„Verträgt sich der Sprit denn mit deinen ganzen Tabletten?", fragte sie ihn.

Weil er sich da auch nicht so sicher war, hatte der Bootsmann die heute weggelassen. Das verschwieg er seiner Chefin aber lieber und wies nur mit einer resignierten Handbewegung zum Vorschiff. Dort befand sich Boris, der Guru aus Rheinhessen, den es an die ostfriesische Küste verschlagen hatte, und der dort in der leichten Nachmittagsbrise und im einsetzenden Nieselregen um Erleuchtung rang. Auf der Mole hatte sich eine kleine Gruppe von Schaulustigen gebildet, die das Spektakel bestaunten. Kinder deuteten mit dem Finger auf ihn, Handys wurden für Fotos gezückt. Alles das bemerkte der Meister nicht. Er befand sich in Trance, in Versenkung, in unmittelbarer Verbindung zum globalen Universum, um Kräfte und Inspiration für das Nachmittagsseminar zu sammeln.

Der Meister hatte im Lotussitz auf der erhöhten Kiste der Rettungsinsel Platz genommen, unter sich ein gesticktes Meditationskissen. Die Unterarme ruhten auf seinen Oberschenkeln, Zeigefinger und Daumen bildeten einen Kreis, um den Energiefluss zu harmonisieren. Die Möwen schrien, die Kinder kicherten und die Erwachsenen stupsten sie an, dass sie nicht so gafften. Eske bemühte sich, in eine andere Richtung zu schauen.

„Wie ein Frosch beim Laichen", stellte Hans-Dieter Bindestrich fest und schleuderte den Rest seines Brotes ins Hafenbecken. Das hätte er nicht tun sollen. Im Nu stürzten sich die Möwen darauf. Von allen Seiten kamen sie laut kreischend heran, zankten sich um die Brotkrumen und kreisten über dem Schiff, auf dessen Vorschiff der Guru in stoischer Versenkung kauerte, um das universelle Qi und eine Eingebung für das Nachmittagsseminar zu empfangen.

Leider war das, was da aus dem Firmament in menschliche Niederungen herabgesegelt kam, nicht die Erleuchtung, sondern eine handfeste Portion Möwenschiss, die den Meister am Kopf traf und langsam über sein Gesicht herabrann. Eine kosmische Ohrfeige, die ihn schlagartig in die Realität zurückholte und der Lächerlichkeit preisgab. Die Kinder an Land lärmten begeistert. Die Erwachsenen sahen betont zur anderen Seite. Hans-Dieter Bindestrich verschluckte sich an seinem Pils. Eske aber verspürte mit einem Male ein starkes Mitgefühl für den jungen Mann, der als lächerliche Figur besudelt auf ihrem Schiff hockte und um seine Fassung rang. Sie stürzte unter Deck und kam mit einer Rolle Haushaltstücher zurück. Sie riss einige Tücher ab und reichte sie Boris, der mit linkischen Bewegungen versuchte, sich die weiße Masse wegzuwischen.

„Du verschmierst ja alles nur, Boris", schalt sie ihn zärtlich. Dann nahm sie ihm die Tücher aus der Hand. Sie rieb seinen Pullover und seinen Kragen ab. Im Gesicht klebte das Zeugs besonders und wollte sich kaum entfernen lassen. Eske riss neue Papiertücher ab, befeuchtete sie mit ihrer Zunge, rieb und rubbelte. „Wie bei einem Baby", dachte sie und ignorierte den Stich in ihrem Herzen, den dieser Gedanke der 36-jährigen kinderlosen Frau gab. Boris ließ alles mit geschlossenen Augen über sich ergehen. Wie von selbst lehnte sich sein Kopf an und ruhte schwer und warm in Eskes Arm.

Eske riss das letzte Tuch von der Rolle, wischte mit einer großen, fahrigen Bewegung über das Gesicht des jungen Mannes neben ihr als wolle sie die Schrift auf einer Tafel auslöschen. „Möwenschiss soll Glück bringen", raunte sie ihm ins Ohr, „totales Glück sogar!" Dann war sie auch schon aufgesprungen, hatte sich den Haufen verbrauchter Papiertücher geschnappt und war damit unter Deck verschwunden. Die junge Holländerin verstand sich selbst nicht mehr: Hatte sie Boris gerade umarmt und ihm einen Kuss auf das Ohr gegeben?

In diesem Moment kam der Damenkegelclub „Flotte Gosse" mit seinen Eroberungen um die Ecke. Ringelpulli-Ingrid hatte sich bei Thomas und Kalle eingehakt, und dem Gang der drei nach zu urteilen musste auf dem Zufahrtsweg zur Mole starker Seegang herrschen. Ihnen folgten Klaas und Rosa, auch auf enger Tuchfühlung, da Rosa anders nicht sehen konnte, was Klaas ihr auf seinem Smartphone demonstrierte. Alles redete aufgeregt durcheinander, aber als sie die *"Hope of Zegen"* zu Gesicht bekamen, verstummten sie.

„Alle Wetter", bemerkte Ringelpulli-Ingrid, nachdem sie die Sprache wiedergefunden hatte, „mit diesem Schiff seid ihr in der Barentssee gewesen und habt der Russenmafia ein Schnippchen geschlagen? Alle Wetter!"

Eske, die gerade aus dem Niedergang wieder an Deck erschienen war, blickte entgeistert auf die „Flotte Gosse" und die Mitglieder ihrer Crew, die als Menschentraube auf der Kaje standen.

„Das da", hörte sie Kalle grölen, „ist unsere Schiffsführerin. Unsere Heldin. Eske tom Dijk. Die segelt dem Teufel ein Ohr ab. Absolut furchtlos!" Kalle machte eine halbe Verbeugung um seiner Bewunderung für die holländische Skipperin Ausdruck zu verleihen und wäre dabei fast hingeschlagen, wenn Ringelpulli-Ingrid ihn nicht fest eingehakt gehalten hätte.

Oh Gott, dachte Eske. Die sind ja voll wie die Strandhaubitzen.

„Keine Angst vor gar nichts!", kam es jetzt auch von Thomas, „auch nicht vor der russischen Mafia." Thomas drehte sein Gesicht so, dass die Mädels von der "Flotten Gosse" es nicht sehen konnten und schnitt Eske wilde Grimassen. Sein Mund formte unhörbare Worte. Eske verstand gar nichts. Was wollte Thomas ihr denn da mitteilen?

„Und der da", rief Kalle und wies mit einer weit ausholenden Armbewegung auf Boris, der immer noch auf dem Vorschiff hockte, „ist unser Professor!"

„Unser intellek..., unser interllektu...", wollte Thomas helfen. „Unser intellektueller Führer. Professor Boris Norderneiowski. Der jüngste Professor der Universität Greifswald. Für Ssslawistik. Vergleichende Slawistik. Er hatte die Idee zu dieser Expedition."

Die Mitglieder der "Flotten Gosse" waren tief beeindruckt. „Guten Tag, Herr Professor", flüsterte Ingrid und machte einen Knicks. „Ich bin Ingrid aus Grevenbroich." Boris blickte sie verständnislos an. Wahrscheinlich war der Professor gerade der Wirklichkeit entrückt und gedanklich bei seinen Forschungsprojekten. Und nun kam auch Madita angehumpelt. Die "Flotte Gosse" bekam ein schlechtes Gewissen. Der Teenie war in der Aufregung in Vergessenheit geraten!

„Kak dela?", Rosa hatte alle Erkenntnisse ihres Russischkurses zusammengekramt und wies auf Maditas Fuß. „Du Schmerzen? Viel Schmerzen, große Schmerzen? Große Aua?"

„Geht so", meinte Madita leichthin. „Zum Glück müssen meine Füße ja nicht so viel Gewicht tragen wie deine."

Rosa schnappte nach Luft und war so überrascht, dass sie Klaas losließ. Der nutzte die Gelegenheit und schwang sich an Bord. „Das ist die Takelage der *‚Hope of Zegen* ‘", prahlte er. „Hier werden die braunen Segel gesetzt!" Er kletterte ein Stück die Wanten hoch.

„Fall nicht runter", rief Rosa besorgt.

„Ha! Hier im Hafen, wo das Schiff völlig ruhig liegt?" Klaas konnte über die Besorgnisse dieser Landratten-Mamis nur milde lächeln. Eigentlich litt er unter panischer Höhenangst, aber davon war im Moment nichts zu spüren. „Ihr solltet mal sehen, wie der Mast im Seegang hin und her schlägt!" Klaas ließ eine Hand los und schaukelte seinen Körper, um zu zeigen, welchen Prüfungen die Mannschaft bei unruhiger See ausgesetzt war. Dann kletterte er weiter nach oben und winkte Madita zu. Die gab sich betont gelangweilt, kletterte an Bord und verschwand im Niedergang. Klaas sah ihr nach.

Rosa warf ihm eine Kusshand zu und Klaas winkte zurück. Da fiel sein Blick auf das Deck der *"Hope of Zegen"*, das erschreckend weit unter ihm lag. Wie hoch er war! Seine Brust zog sich zusammen, das Herz raste, die Hände wurden feucht. Sein Fuß rutschte von der Maststufe ab und Klaas schlitterte einige Zentimeter in die Tiefe. Verzweifelt griff er mit seinem Arm in die Takelage. Die Mädels von der "Flotten Gosse" missdeuteten seine Bewegungen und hielten sie für wagemutige Kunststücke; einige klatschten. Klaas aber strampelte weiter hektisch mit seinen Beinen und versuchte, an dem glitschigen Mast Halt zu finden. Mit einer ungeschickten Armbewegung wischte er sich die Brille vom

Kopf, die in einem großen Bogen auf das Deck fiel und dort in tausend Stücke zersprang. Jetzt war er auch noch blind wie ein Maulwurf. Tränen und Schnodder liefen ihm über das Gesicht. Selbst der "Flotten Gosse" dämmerte inzwischen, dass das kein Spaß mehr war.

Klaas wollte um Hilfe schreien, aber wie in einem Albtraum bekam er keinen Ton heraus. Er rutschte ein weiteres Stück nach unten. Da war Eske schon katzengleich aus dem Stand in die Takelage gesprungen und kletterte flink und leichtfüßig nach oben. Zwischen den Zähnen hielt sie eine aufgeschossene Trosse. Im Nu hatte sie den unglücklichen Klaas erreicht, ihm das Tau um den Leib geschlungen und mit einem Palstek gesichert. Mit festem Griff packte sie ihn am Kragen und bugsierte ihn Stück um Stück nach unten.

Endlich stand der Junge wieder an Deck. „Hatte ganz vergessen", stammelte er als Eske ihn von der Sicherungsleine befreite, „dass ich schreckliche Höhenangst habe." Unsicher sah er zu Rosa und deren Kegelschwestern von der "Flotten Gosse" hinüber, die er nur schemenhaft erkennen konnte.

Die Damen hatten es eilig, sich zu verabschieden. Allerdings nicht, ohne E-Mail, WhatsApp und Facebook-Adressen auszutauschen. Und Eske musste ihnen versprechen sich zu melden, wenn es sie nach Grevenbroich verschlagen würde.

Eske atmete tief durch, als die Frauentruppe endlich um die Ecke verschwunden war. Jetzt konnte sie sich um Klaas kümmern.

„Na, die Angeberei ging ja wohl gründlich in die Hose", stellte sie fest und ließ sich berichten, wie man die Kegelschwestern kennengelernt und ihnen ein übelstes

Seemannsgarn aufgetischt hatte. „Kannst du denn jetzt ohne Brille noch etwas sehen?"

„Ganz schlecht", gab Klaas zu. Er war schrecklich kurzsichtig.

„Aber du hast doch bestimmt eine Ersatzbrille mit, oder?" Eske ahnte die Antwort.

„Ersatzbrille? Nein, leider nicht."

Eigentlich hätte sie den Unglücksraben sofort ins Inseldorf schicken müssen, vielleicht gab es dort einen Optiker. Aber Boris hatte dreimal den großen Gong geschlagen - das Zeichen, dass das Seminar weitergehen solle. Und er hatte vorher schon angekündigt, dass diesmal niemand fehlen dürfe. Nach und nach erschienen die Crewmitglieder auf dem Achterschiff. Klaas und Thomas schwankten gefährlich und machten es sich dann Arm in Arm auf einer aufgeschossenen Leine gemütlich. Klaas blinzelte halbblind in die Sonne und versuchte zu erraten, welcher der bunten Flecken vor ihm Madita war. Madita hatte die Ohrhörer eingestöpselt, kaute auf einem Kaugummi herum und tippte mit unglaublicher Geschwindigkeit etwas in ihr Smartphone. Christine kramte in ihrem Schminktäschchen und suchte hektisch nach dem einen Lippenstift, dessen Farbe zu ihrer Jacke passte. Karin zog die Stirne kraus und beobachtete kopfschüttelnd ihren Mann Kalle. Hatte der sich am frühen Nachmittag schon betrunken! Jutta Starenberg-Krollmann wippte angriffslustig in ihren Birkenstock-Sandalen und ihre Augen schienen zu sagen: „Jetzt will ich endlich mal was geboten kriegen für mein Geld." Hans-Dieter Bindestrich schließlich stand weit abseits und kramte aus seiner blauen Latzhose einen Schekelöffner, mit dem er sich die Fingernägel reinigte. Eske lehnte am Mast und schmunzelte. Da waren sie nun, ihre Schäfchen. Jedes mit eigener

Persönlichkeit, eigenen Macken. Sie hätte nicht an der Stelle von Boris sein mögen. Was er sich wohl für heute Nachmittag ausgedacht hatte, um der Erleuchtung näher zu kommen?

Der schlug noch einmal den Gong, so heftig, dass Hans-Dieter Bindestrich zusammenzuckte. Der Ton musste ja bis in den letzten Winkel des Hafens hörbar sein. Der alte Matrose konnte sich das Gespött seiner Kollegen vorstellen, wenn sie mal wieder bei einem Bier zusammensitzen würden. Der Ton waberte über das Wasser, wurde an der Mole zurückgeworfen und hallte lange nach.

„Wir wollen jetzt", deklamierte Boris langsam und feierlich, „einfach einmal schweigen. Nichts sagen. Die Umwelt auf uns wirken lassen. Auf Geräusche achten. Das Geschrei der Möwen. Das Gluckern des Wassers. Das Singen des Windes in der Takelage. Und so weiter. Es geht los, wenn ich den Gong schlage, und es dauert, bis ich ein zweites Mal gonge. Seid ihr bereit?"

„Nimm die Stöpsel aus den Ohren", schrie Christine ihre Tochter Madita an, die von der Ansprache nichts mitbekommen hatte.

„Hä?", fragte die zurück.

„Du sollst die verdammten Ohrhörer raustun", schimpfte Christine. „Du sollst dem Möwengeschrei lauschen und so."

„Hoffentlich scheißt nicht wieder eine der Möwen dem Boris auf den Kopf", keifte Madita zurück und verstaute die Hörer missmutig in ihrer Tasche. „Scheiße zu Scheiße!" Die letzte Bemerkung war glücklicherweise im allgemeinen Gemurmel untergegangen.

Boris hob den mit einem Tuch umwickelten Schlegel, legte eine Kunstpause ein, blickte noch einmal in die

Runde und schlug dann kraftvoll auf das Messingbecken. Ein besonders intensiver Klang entstand. Eske konnte die Vibration des Tones körperlich spüren, vor allem in ihrem Bauch. Langsam verebbte der Ton, bildete Oberschwingungen, wurde leiser, verschwand aber nicht. Eske blickte heimlich auf ihre Armbanduhr: Es war kurz vor fünf. Wie lange Boris sie wohl mit dieser Übung beschäftigen wollte? Sie hatte noch so viele Dinge zu erledigen! Mit dem Bootsmann musste sie unbedingt noch einmal über die Probleme mit der Maschine reden. Aber Hans-Dieter hielt die Augen geschlossen und hatte einen merkwürdig zufriedenen Gesichtsausdruck.

Gottergeben schloss auch Eske die Augen. Eine Leine klapperte am Mast, so etwas war nicht in Ordnung. Zur guten Seemannschaft gehört, dass man die Leinen abbindet. Eske atmete tief durch. Die Fender knarrten leise, wenn das alte Schiff sich am Bollwerk rieb. Die Möwen schrien und es hörte sich an, als ob sie die Menschen auslachten. Irgendjemand schnaufte neben ihr, wahrscheinlich war es Jutta Starenberg-Krollmann, die sich irgendwo zwischen Versenkung und Einschlafphase befand. „Stille spricht", hatte Eske mal gelesen. Und wirklich war es kaum zu glauben, welches Konzert von Geräuschen ständig um einen herum ist und im Normalfall nicht wahrgenommen wird.

Fast war sie traurig, als der Gong erneut erklang und Boris sie in die Wirklichkeit zurückholte. Eske öffnete die Augen und blickte um sich. Jutta neben ihr war tatsächlich eingenickt. Eske stupste sie verstohlen an. Jutta schrak hoch und brauchte einen Moment, bis sie realisierte, wo sie war.

Es war gut, dass Eske sie aufgeweckt hatte, denn nun sollten alle ihre Erlebnisse in den Schweigeminuten schildern. Und als erstes blickte er ausgerechnet Jutta Starenberg-Krollmann an, die er völlig auf dem falschen Fuß erwischte. „Wie war es bei dir, liebe Jutta?"

„Ja, genau", antwortete die und schüttelte sich, um wach zu werden. „Genau wie ihr schon gesagt habt, diese Geräusche und so."

Eske musste schmunzeln. Wie oft die Lehrerin wohl schon ihre Schüler dabei ertappt hatte, wenn sie nicht aufgepasst hatten? Und wie viele Ausreden sie sich schon hatte anhören müssen? Bestimmt gehörte sie nicht zu den Pädagogen, die nachsichtig und verständnisvoll waren. Jetzt aber saß sie selbst in der Patsche!

„Ich habe vor allem meinen Atem gehört", sprang Christine in die Bresche.

„Ah, den eigenen Atem, sehr gut", wiederholte Boris.

„Qualm nicht so viel", ätzte Madita ihre Mama an, „dann pfeifst du auch nicht so beim Luftholen."

„Sei nicht so gemein zu deiner alten Mutter", beschwerte sich Christine. „Die Konzentration auf die Ein- und Ausatmung hat mich beruhigt."

„Der universelle Rhythmus des Lebens. Ein und Aus. Tag und Nacht. Er bestimmt uns. Viel zu oft lassen wir uns ablenken. Wir müssen ständig reden. Über irgendetwas nachdenken. Wir müssen Probleme hin und her wälzen, damit unser Verstand beschäftigt ist. Dabei gibt es eine große Kraft jenseits der hektischen Geschäftigkeit." Boris war jetzt richtig poetisch geworden.

„Sag ich doch", schaltete sich jetzt Kalle ein, dem als bodenständigem Handwerker alle Esoterik fremd war.

„Nicht immer so viel rumsabbeln!" Das richtete sich gegen seine Frau Karin, die ihm immer wieder Vorwürfe machte, dass er die Zähne nicht auseinanderbekam.

„Du redest ja überhaupt nichts", gab die zurück. „Vor allem nicht über Gefühle. Weißt du eigentlich, was das sind - Gefühle?"

„Da hörst du es", suchte Kalle Unterstützung bei Thomas, der neben ihm saß und versuchte, die Reste des Küstennebels aus seinem Blut zu bekommen. „Da hörst du es. Klar kenne ich Gefühle. Wenn ich mir mit dem Hammer auf den Daumen haue, habe ich ein Schmerzgefühl." Und er betrachtete seinen Zimmermannsdaumen, der im Laufe eines langen Berufslebens schon manchen Schlag abbekommen hatte.

„Oder das Gefühl von Hunger", stimmte Thomas ihm zu.

„Oder von Kopfschmerzen." Diese Bemerkung kam von Klaas. Auch er hatte mit den Folgen des Trinkgelages mit der „Flotten Gosse" zu kämpfen. Alle lachten.

„Der Zugang zu unserer Gefühlswelt ist oft versperrt. Das Ego produziert einen ständigen Strom von Gedanken. Was ist morgen, was wird werden, was ist gewesen. Dabei ist die einzige Realität der gegenwärtige Moment. Das Leben im Hier und Jetzt. Das Schweigen kann für uns der Schlüssel dazu sein, diesen plappernden Strom abzuschalten. Seid ihr bereit für eine neue Runde?" Boris sah sich um und hob den Gong.

Bevor die Crew der *"Hope of Zegen"* sich aber in eine weitere bewusstseinsfördernde Schweigerunde versenken konnte, klingelte Christines Handy, indem es den Sound einer Toilettenspülung imitierte. Christine kramte hektisch in ihrer Handtasche, das Mobiltelefon hatte sich ganz unten zwischen den unglaublichen Utensilien versteckt, die sie als Frau von Welt mit sich führte. Endlich hatte sie es gefunden. Sie reichte das Handy, das gerade mit einer erneuten Spülorgie den Anruf signalisierte, an Klaas weiter: „Kannst du das ausstellen? Klingelton Klospülung - das ist mein Ex. Den brauche ich jetzt nicht!"

„Hat noch jemand sein Handy an?", fragte Boris. Als alle ihre Smartphones kontrolliert hatten und sich wieder auf den Guru konzentrieren konnten, schlug Boris den Gong erneut.

„Was macht der da?", fragte ein kleines Mädchen auf der Pier seinen Papa. „Die üben Nebelsignale, mein Kind", klärte der Vater seine Tochter auf. Das aber nahmen die Seminarteilnehmer kaum noch wahr. Das Schweigen hatte sie bereits geöffnet für den Empfang der universellen kosmischen Energie.

Nach einer weiteren Schweigerunde blickte Eske verstohlen auf ihre Armbanduhr und war überrascht: Das Schweigen hatte fast eine halbe Stunde gedauert. Obwohl nichts passierte, war es nicht langweilig geworden. Eine tiefe Ruhe war über sie gekommen.

„Manchmal", so hörte sie Boris sagen, „versteht die Umwelt deinen inneren Zustand nicht. Du möchtest einfach schweigen und sein, deine Mitmenschen erwarten aber von dir, dass du dich an dem allgemeinen Geplapper beteiligst. Und dann entstehen leicht Missverständnisse. Du wirst als arrogant angesehen, obwohl du nichts als deine Ruhe haben willst."

„Da hörst du es, Karin", trumpfte Kalle auf.

„Phh....", machte die.

„Und damit das nicht passiert, habe ich etwas vorbereitet." Boris schnürte einen Lederbeutel auf und entleerte den Inhalt auf das Deck. Zahlreiche Buttons mit Anstecknadel rollten auf die Planken. Einige waren beschriftet: „I' m in silence" las Eske darauf. Andere waren blanko.

Boris nahm einen Silence-Anstecker und heftete ihn sich an den Pullover. „Wenn ich diese Plakette trage, bedeutet das: Befinde mich im Schweigemodus. Bitte respektiere das."

Kalle griff sich gleich zwei der Silence-Buttons und steckte sie sich links und rechts an das T-Shirt, direkt vor Karins Augen.

„Du bist nicht im Schweigemodus, du kannst gar nicht reden", schalt die ihn und gab ihm einen Nasenstüber. „Bin ich wirklich so schlimm?"

Kalle betrachtete seine schwieligen Zimmermannshände. „Schlimm nicht. Aber du könntest mich einfach mal so lassen, wie ich bin."

„Mein Gott!", Karin hob theatralisch die Hände. „Das kann es doch wohl wirklich nicht sein. Man muss sich doch mal unterhalten. Früher haben wir auch die Nächte durchdiskutiert. Heute kommst du von der Arbeit, machst dir ein Bier auf und stierst aus dem Fenster."

„Bin eben müde." Kalle angelte sich einen der leeren Buttons und klemmte sich den Edding wie einen Zimmermannsbleistift hinter das Ohr. „Bei Wind und Wetter, bei Hitze und Kälte auf dem Dach." Er blickte auf den Anstecker und überlegte, was er darauf schreiben könnte.

„Müde, müde, müde", Karin wandte sich hilfesuchend an die anderen Frauen in der Runde. „Wenn er mit seinen Treckerfreunden zusammenhockt, ist er nicht müde. Trecker! Da kann er bis tief in die Nacht herumschrauben oder in Katalogen für Ersatzteile blättern. Aber glaubt bloß nicht, dass er mal ein Buch liest."

Kalle klaubte sich den Filzstift vom Ohr und kritzelte verstockt etwas auf den Button. Er nahm seine zwei Silence-Buttons ab und steckte die neue Nadel an. „Kalle", war dort zu lesen „ist Kalle."

„Kalle ist Kalle", las Karin mit einer übertriebenen Kinderstimme vor. „Übersetzt heißt das: Ich will mich nicht ändern. An mir arbeiten: nee, ausgeschlossen. Meine Frau ist mir egal. Trecker: ja. Mal in ein Konzert gehen, wo meine Frau die Orgel spielt: nein. Sich für andere Menschen interessieren: nein!" Karin schniefte. „Ihr hättet ihn mal erleben sollen, als wir uns kennenlernten. Jeden Wunsch hat er mir von den Lippen abgelesen. Auf Händen hat er mich getragen."

„Da hatte ich's ja auch noch nicht mit der Bandscheibe", brummte Kalle. „Außerdem war meine Holde damals ein paar Kilo leichter." Obwohl er den letzten Satz fast unhörbar in Richtung Thomas murmelte, hatte Karin alles genau mitbekommen.

„Ich bin dir also zu fett", schluchzte Karin. „Das ist der Dank dafür, dass ich dir jahrzehntelang deine Sachen weggeräumt habe. Und dass ich unsere zwei Kinder zur Welt gebracht und großgezogen habe. Und dass ich damals das Angebot ausgeschlagen habe, mit dem jungen Priester als Organistin nach Wiesbaden zu gehen. Um in diesem stinkigen Spießerkaff zu versauern!"

„Der Pope war doch sowieso schwul!"

„War er nicht!"

„War er doch! Weich-Ei softimäßig oberschwul!"

„War er nicht! Das weiß ich genau!"

„Ach!", Kalle hieb mit seiner schwieligen Zimmermannsfaust auf die Decksplanken, dass die gerade verheilte Wunde an seinem Daumen wieder aufplatzte. „Und woher weißt du das so genau?"

„Ich weiß es eben", gab Karin schnippisch zurück. „Fang jetzt bloß nicht wieder mit deiner Eifersuchtsmasche an."

„Eifersuchtsmasche?", schrie Kalle. „Woher die wohl kommt? Wer ist denn auf nette Auslandsreisen mit dem Kirchenchor gefahren, während ich am Wochenende Überstunden gemacht habe, um unsere neue Küche abzubezahlen?"

„Du gönnst mir überhaupt nichts!"

„Was willst du denn? Wieder mal auf die Besetzungscouch?"

„Kalle!", tobte Karin und holte aus, um ihren Mann eine Ohrfeige herunterzuhauen. Doch bevor es dazu kam, hatte Boris den Gong geschlagen, und zwar so kräftig, dass die Möwen im Hafen erschreckt aufflogen. „Stopp!", rief Boris energisch und hieb noch einmal auf das Klangbecken ein. „Stopp! Merkt ihr denn nicht, dass ihr völlig aneinander vorbeiredet?"

„Er soll mich nicht beleidigen! Er soll das zurücknehmen!", schluchzte Karin.

„Und sie soll mich in Ruhe lassen!", keifte Kalle zurück.

„Kalle", sagte Boris eindringlich und drohte dem aufgebrachten Mann mit dem Klöppel des Gongs, „was wünscht sich deine Frau nach deiner Meinung von dir?"

„Ihr habt's doch gehört! Sie will ständig mit ihren Musikleuten auf Tournee. Wiesbaden, Paris, New York, was weiß ich. Übernachtung inklusive, in den besten

Hotels, versteht sich. Und ich blöder Esel kloppe Überstunden und schaffe die Kohle heran."

„Hat sie doch gar nicht gesagt!"

„Meint sie aber!"

„Bist du da ganz sicher?"

„Bestimmt!"

„Hundertprozentig?"

„Hundertfünfzigprozentig!". Kalle steckte den blutenden Daumen in den Mund. Ganz überzeugt klang seine Stimme nicht mehr. „Mindestens fünfundsiebzigprozentig", schränkte er ein. Eigentlich hatte Karin ja nur den Wunsch geäußert, dass er sie in eines ihrer Konzerte begleitete.

„Höchstens fünfprozentig!" Karin wischte sich die Tränen aus dem Gesicht und schniefte lautstark. „Ich wäre so froh, wenn du mal unter den Zuhörern sitzen würdest. Und vielleicht ein klein wenig stolz auf mich wärest."

„Kann man ja vielleicht mal machen", kam es leise von Kalle. Bestimmt hätte er seiner Frau in die Augen geblickt, wenn er nicht gerade eine lockere Schraube im Backskistendeckel entdeckt hätte. Er kramte umständlich sein Taschenmesser aus der Hosentasche und begann, den Bolzen festzuziehen.

„Wir können ja mit dem Trecker zum Konzert fahren", schlug Karin vor.

„Gute Idee." Wider Willen musste Kalle lachen. Endlich war er mit der Schraube fertig geworden und blickte auf.

„Ich liebe dich doch", schimpfte Karin zärtlich. „Ich liebe dich doch, du alter Holzkopf, du sturer Esel, du Kunstbanause."

Da schlangen sich zwei starke Zimmermannsarme um die Organistin und hoben sie in die Luft. Karin kreischte und strampelte mit den Beinen. Endlich gab sie Kalle einen schmatzenden Kuss auf die Stirn und der ließ sie wieder herunter.

Die Crewmitglieder der *"Hope of Zegen"* waren ausnahmslos gerührt. Niemand bekam mit, dass Kalle sich nach diesem Einsatz verstohlen das schmerzende Kreuz rieb. Er nahm sich den Button ab, der mit seiner Beschriftung „Kalle ist Kalle" den Streit ausgelöst hatte und kritzelte etwas darunter. „Aber er mag Karin", stand jetzt darunter.

Die schnappt sich ebenfalls eine Anstecknadel. „Karin mag Kalle" schrieb sie darauf und ganz klein darunter: „Und Musik".

Auch Thomas nahm sich jetzt einen der Buttons und beschriftete ihn. „Hunger" war da zu lesen und: „Durst". „Ich bin im Hunger- und Durstmodus", erklärte er überflüssigerweise. „Und dagegen werde ich etwas unternehmen. Ich koche uns was Leckeres. Hat jemand Lust, mir zu helfen?"

Jutta Starenberg-Krollmann erhob sich von ihrem Sitz, um ihre Hilfe beim Kartoffelschälen anzubieten. Christine oder Eske wären ihm zwar lieber gewesen, aber er konnte sich seine Mitarbeiter ja nicht aussuchen.

Eske gesellte sich zu Klaas, der am Mast lehnte und mit zusammengekniffenen Augen das Geschehen verfolgt hatte. „Kommst du ohne Brille einigermaßen klar?", erkundigte sie sich.

Klaas schüttelte den Kopf. „Bin blind wie ein Maulwurf. Den blauen LKW da vorne kann ich kaum noch erkennen."

Der blaue LKW war in Wahrheit ein Schuppentor. So konnte der Junge unmöglich den Rest des Törns überstehen. „Klaas", überlegte sie, „ich glaube, dass es auf Norderney einen Optiker gibt. Wenn du dich beeilst, schaffst du es noch bis zum Ladenschluss."

„Ich versuche es", gab Klaas zurück, verschwand unter Deck, kam mit Portemonnaie und Rucksack zurück und begann, auf der falschen Seite vom Schiff zu klettern.

„Da geht's ins Wasser, Herr Professor", lachte Madita und packte ihn am Arm. „Ist vielleicht besser, wenn ich mitkomme. Auch wegen der Typberatung."

Dann wankten die beiden in Richtung Inselstadt. „Der Blinde und die Lahme", kommentierte Christine bissig, denn ihre Tochter zog den verstauchten Fuß noch nach. Da waren die beiden schon um eine Ecke verschwunden.

Tatsächlich fanden sie ein Optikgeschäft, das noch geöffnet hatte. Madita probierte einige coole Sonnenbrillen aus, dann waren sie dran.

Die Optikerin lachte, als sie von Klaas Missgeschick hörte. Eine fertige Brille - nein das könne sie nicht schaffen bis morgen. Ob die *"Hope of Zegen"* nicht noch einen Tag auf der Insel Norderney bleiben könne? Ansonsten könne sie Kontaktlinsen anbieten, Ein-Tages-Linsen, die hätten auch sie schon einmal gerettet, als sie im Urlaub ihre Brille verloren hatte. „Man soll ja auch nie ohne Ersatzbrille verreisen", lachte sie und ihre Sommersprossen tanzten.

„Kontaktlinsen?", fragte Klaas ohne Begeisterung. „Die habe ich noch nie getragen."

„Ist gar nicht so schwierig. Ich zeige Ihnen, wie man sie einsetzt und entfernt. Und wenn Sie Probleme haben, muss ihre nette Freundin Ihnen eben helfen. Das macht sie doch bestimmt gerne, oder?"

„Madita ist nicht ...", begann Klaas zu erklären.

„Ich weiß schon, sie ist nicht immer da", unterbrach ihn die Optikerin. „Sie bekommen das mit der Zeit selbst hin; sie werden sehen." Dann desinfizierte sie ihre Hände, öffnete die Verpackung der Kontaktlinsen und drapierte eine Linse auf der Spitze ihres Zeigefingers, wo sie wie eine Schale vor dem rot lackierten Fingernagel thronte. Mit dem Rollhocker fuhr sie ganz dicht an Klaas heran und spreizte mit der anderen Hand dessen Auge. Klaas blinzelte.

„Sei locker, Schatz", sagte Madita lässig und klebte heimlich ihren Kaugummi unter die Tischplatte.

„Schauen Sie nach oben, entspannen Sie sich", kommandierte die Optikerin. „Jetzt kommt die Linse." Ihr Finger näherte sich dem rechten Auge. Kurz bevor die Linse ihr Ziel erreicht hatte, kniff Klaas die Lider zusammen.

„Das passiert am Anfang immer", lachte die Optikerin. „Wir versuchen es einfach noch einmal." Aber es wurde immer schlimmer. Je mehr Klaas versuchte, die Augen nicht zuzukneifen, desto stärker musste er blinzeln.

„Da haben Sie sich einen Härtefall ausgesucht", sagte die Optikerin nach drei weiteren vergeblichen Versuchen zu Madita. „Können Sie ihn nicht irgendwie ablenken? Stellen Sie sich doch einmal hinter ihren Freund, flüstern sie ihm etwas ins Ohr, necken Sie ihn, streicheln Sie ihn. Machen Sie irgendetwas, dass er sich nicht so auf meinen Finger und die Linse konzentriert."

Madita erhob sich langsam von ihrem Hocker, ging um den Tisch herum und drapierte sich hinter Klaas, der verschwitzt und mit hochrotem Kopf auf dem Hocker saß.

Sie legte ihre Hände auf den Rücken des jungen Mannes und säuselte: „Weißt du noch, wie romantisch die Nacht war, als wir uns kennengelernt hatten, Baby?" Dann beugte sie sich vor und flüsterte Klaas etwas ins Ohr, was die Optikerin nicht verstehen konnte, obwohl es sie sehr interessiert hätte: „Stell dich nicht so an, du dämlicher Flachwichser." In diesem Moment hatte die Optikerin die Linse auf seine Hornhaut gestupst, das heftige Blinzeln kam zu spät, die Linse saß. Und Klaas konnte mit einem Male wieder seine Umwelt erkennen.

„Sehen Sie, im Grunde ist es ganz einfach", stellte die Optikerin erleichtert fest, als schließlich nach mehreren Versuchen auch die Linse im anderen Auge saß. Klaas bekam erklärt, wie er die Linsen wieder entfernen konnte, dann wurden er und Madita aus dem Laden bugsiert und die Optikerin sperrte erschöpft die Tür zu.

Die beiden nahmen den Umweg über die Strand-promenade. Das Wetter schlug um. Der Himmel über dem Festland war tiefschwarz. Die meisten Badegäste räumten ihre Strandutensilien zusammen. Madita zog ihre Schuhe aus und lief barfuß durch den Sand.

Klaas staunte, wie gut er sehen konnte. Die Wolken, der Deich, das Wattenmeer, das Fährschiff, das sich gerade durch die Fahrtrinne den Weg zur Insel bahnte - alles gestochen scharf. Er entdeckte sogar, dass Madita einen goldenen Ring um ihren kleinen Zeh trug.

„Die war echt nett", sagte Klaas und dachte an die Optikerin mit ihren lustigen Sommersprossen.

„Gern geschehen", antwortete Madita. Sie hatte nicht richtig hingehört und ihn falsch verstanden. Ihr Handy hatte gerade mit einem Rülps-Klingelton eine Whats-App Nachricht signalisiert. Mit flinken Fingern tippte sie eine Antwort auf den Touchscreen. Klaas blinzelte unauffällig hinüber, konnte aber nichts entziffern. Durch die Kontaktlinsen war er weitsichtig geworden.

Sein Handy meldete sich jetzt mit dem Sound eines startenden Düsenjägers. Klaas kramte das Smartphone aus seiner Hosentasche. Eine Nachricht war eingegangen. Er hielt das Handy mit ausgestreckten Armen so weit wie möglich von sich weg und kniff die Augen zusammen, wie er es schon des Öfteren bei alten Menschen gesehen hatte. Vergeblich: Statt der Schrift sah er nur eine graue Fläche. Madita hinkte einige Schritte hinter ihm, starrte kichernd auf ihr Handy und schrieb etwas darauf. Die beiden setzten sich in einen leeren Strandkorb und fummelten an ihren Smartphones herum.

„Lol", kicherte Madita und tippte wie wild.

„Hey Siri", sagte Klaas und meinte damit die Sprachfunktion seines Handys.

„Hallo Klaas", tönte eine blecherne weibliche Stimme aus dem Smartphone. „Wie kann ich dir behilflich sein?"

„Lies mir die letzten Nachrichten vor", antwortete Klaas. Ein älteres Paar, Alt-68er vielleicht, unterbrach seine Suche nach Muscheln und anderem Strandgut und blickte verwundert auf die beiden jungen Leute, die da nebeneinander im Korbstuhl saßen und sich mit ihren kleinen grauen Kästchen unterhielten.

„Hier ist Mama", las die Siri-Stimme vor. „Papa und ich haben gesehen, dass es bei euch schlechtes Wetter geben soll. Denk bitte daran, dass du dir warme Socken anziehst. Du weißt, wie schnell du dir immer die Blase erkältest."

„Lol!", schrie Madita wieder und ließ grinsend von ihrem Handy ab.

„Voll peinlich", murmelte Klaas mit rotem Kopf. Hektisch fummelte er an seinem Handy herum, um die

Sprachfunktion abzustellen. Aber Siri fuhr schon fort: „Neue Nachricht von Lorenz."

„Ach, der schon wieder", stammelte Klaas und versuchte, das Handy schnell in seiner Hosentasche verschwinden zu lassen. Aber der Stoff dämpfte den Ton der Siri-Stimme nur unzureichend. „Hey Alter", quäkte Siri emotionslos aus seiner Jeans, „geil, dass du den rothaarigen Teenie flachgelegt hast. Weiter so! Waidmannsheil!"

„Der spinnt ja", stotterte Klaas und fühlte, wie ihm das Blut in den Kopf schoss.

Madita blickte ihn entgeistert an und blies sich die Strähnen aus dem Gesicht. „Der rote Teenie, das bin ja wohl ich. Ist mir ganz entgangen, dass du mich flachgelegt hast. Muss ich gleich mal die anderen auf dem Schiff fragen, ob die davon was mitbekommen haben."

„Madita", flüsterte Klaas „ich weiß nicht, wie der darauf kommt."

„Ich schon, du Möchtegern-Aufreißer." Madita war von der Bank aufgestanden und humpelte in Richtung Hafen. Dann drehte sie sich noch einmal um. „Hast du diesem Wichser auch Bilder von mir geschickt?"

„Nein, Madita. Ganz bestimmt nicht!" Klaas sprang auf und beeilte sich, die junge Frau einzuholen. Was hätte er darum gegeben, die letzten Momente ungeschehen machen zu können!

Als am Abend die Crew im Hafenlokal essen ging, entschuldigte sich Eske und entfernte sich von der Gruppe. Sie brauchte dringend die Einsamkeit. Die junge Frau nahm den Weg durch den Ort an den Nordstrand. Die Sonne war fast untergegangen. Dunkle Wolken hingen am Himmel. Der böige Nordwestwind trieb Regentropfen vor sich her. Der Strand war fast menschenleer, die Kurgäste saßen beim Abendessen oder brachten ihre Kinder ins Bett. In der Ferne sah sie die Lichter der großen Schiffe, die in Richtung Weser oder Elbe unterwegs waren und sich kaum zu bewegen schienen. Ein einsames Liebespaar kam ihr entgegen, die Frau lachte übermütig und suchte nach Muscheln.

Eske zog ihre Schuhe aus und bohrte ihre Zehen bei jedem Schritt in den Sand. Grundlose Traurigkeit stieg in ihr auf. Sie ging nach Osten. Es wurde noch einsamer. Hier gab es weder Strandkörbe noch Hinweisschilder, keine liegengebliebenen Plastikeimerchen und Sandburgen, nur noch die Nordsee, die mit leichter Brandung gegen die Insel anlief.

Es musste kurz nach Hochwasser sein. Die Möwen schrien und der Wind trieb den Sand in bizarren Mustern vor sich her. Eske trat auf eine Kompassqualle, die sie in der Dunkelheit nicht gesehen hatte. Dann kauerte sie sich in den Sand und atmete tief durch. Ein süßer Schmerz war in ihr und sie spürte, wie die Nordsee nach ihr rief.

Sollte sie in der Dunkelheit schwimmen gehen? Es war kalt, feucht und ungemütlich. Eske hatte die heilende Wirkung des Wassers am eigenen Leibe erlebt. Wenn sie sich erst einmal gezwungen und überwunden hatte, gab es ein wundervolles Gefühl im Körper: Die Haut kribbelte, die Organe wurden durchblutet und der Kopf wurde klar und befreit von kleinmütigen Ängsten.

Die junge Holländerin zauderte noch eine Weile, gab sich schließlich einen Ruck, zog Segeljacke, Pullover, Jeans und Unterwäsche aus und schichtete sie ordentlich auf einen Haufen. Dann ging sie ins Wasser. Die Nordsee war eisig. Das Wasser stand ihr bis zu den Knien. Die Kälte schmerzte an den Fesseln wie eine Schnittverletzung. Eske wäre am liebsten umgekehrt, aber sie zwang sich weiter in die Tiefe. Die See reichte ihr jetzt bis zum Bauch. Eske machte bei jeder Woge einen kleinen Sprung nach oben. Dann nahm sie ihren Mut zusammen und hechtete kopfunter in die nächste Welle.

Die Kälte raubte ihr fast den Verstand. Sie schwamm einige kräftige Züge. Der Schmerz im Körper ließ nach. Eske blickte sich um. Die Strömung hatte sie ein gehöriges Stück vertrieben - sie war in einen Priel geraten. Da half es nur, quer zur Strömung zu schwimmen, auch wenn sie sich dadurch noch weiter vom Ufer entfernte. Endlich spürte sie wieder Boden unter den Füssen. Erleichtert watete sie zum Strand zurück. An der Luft fror sie noch stärker als im Wasser. Sie streifte die Tropfen von ihrer Haut ab und begann, zu der Stelle zurückzulaufen, an der ihre Kleidung lag. In der Wolkendecke entstand eine Lücke, durch die fahles Mondlicht auf den Strand fiel. Und dann sah sie es: Neben dem Haufen mit ihrer Kleidung befand sich ein dunkler Schatten.

War da ein großes Tier? Ihr zog sich die Brust zusammen, der Atem stockte. Eske blieb stehen, kniff die Augen zusammen, um besser sehen zu können. Sie schlotterte vor Angst und vor Kälte. In dem dämmerigen Licht konnte sie jetzt schemenhaft einen Kopf und einen Arm ausmachen. Der Schatten war kein Tier. Er war ein Mensch. Jemand machte sich da an ihren Sachen zu schaffen, und sie war weit weg von jeder anderen menschlichen Seele, von jeder Hilfe.

In Eske stiegen dunkle Bilder aus ihrer Kindheit auf. Als sie elf Jahre alt war, hatte sie ein Mann angesprochen und sie damit gelockt, ihr besonders schöne Muscheln zu zeigen. Sie wusste noch, dass sie ihm in die Hosentasche fassen sollte, um die Muscheln zu ertasten. Für alles, was danach geschehen war, fehlten ihr die Erinnerungen. Aus

Erzählungen wusste sie aber, dass man sie mit Hundestaffeln und einem Hubschrauber gesucht und schließlich weinend in den Dünen gefunden hatte.

Die Gestalt richtete sich jetzt langsam auf und drehte sich zu ihr. Eske liefen Tränen und Schnodder über das Gesicht. Urin ging ihr ab. Wie in einem Albtraum war ihr Körper gelähmt vor Angst.

Eine Möwe kreiste über ihr, landete schließlich kurz vor ihren Füßen auf einem Holzklotz, den die See angeschwemmt hatte und sah sie mit schiefgelegtem Kopf an. War das ein Zeichen? Die junge Holländerin riss sich mit aller Kraft zusammen und wischte sich mit einer trotzigen Bewegung die Tränen und die Rotze aus dem Gesicht. Nur Mut konnte ihr jetzt noch helfen! Sie bückte sich nach dem schweren Holzstück und umklammerte es fest. Kampflos sollte dieses Schwein sie nicht bekommen, nicht Eske tom Dijk aus Holland!

Sie zwang sich, Schritt um Schritt auf die kauernde Gestalt zuzugehen. Bedrohlich schwang sie ihren Knüppel. Endlich stand sie kurz vor dem Mann. „Kann ich", begann sie, aber ihre Stimme versagte. Dann probierte sie es ein zweites Mal und stieß mit möglichst tiefer Stimme hervor: „Kann ich irgendwie helfen? Was machen Sie bei meinen Sachen?"

Die dunkle Gestalt richtete sich langsam auf und machte einen Schritt auf sie zu. „Eske", sagte das Wesen, „ich habe mir solche Sorgen gemacht. Ich beobachte dich schon die ganze Zeit." Es war Boris.

Der schwere Holzknüppel rutschte Eske aus der Hand und fiel ihr schmerzhaft auf den Fuß. Die schreckliche Anspannung fiel von ihr ab. Sie lachte und weinte zugleich und sank, tropfnass wie sie war, Boris in die Arme. Der breitete seine Segeljacke aus wie ein Vogel, der seine Flügel zum Trocknen spreizt und ärmelte die junge Frau ein, die ganz tief in die kratzige Miefigkeit seines Troyers hineinkrabbelte. Heulkrämpfe schüttelten sie. Endlich beruhigte sie sich etwas. „Hättest du dich", fragte sie und hielt Boris scherzhaft ihre Faust unter die Nase „nicht vielleicht einen kleinen Moment früher zu erkennen geben können?"

Boris, dem überhaupt nicht klar gewesen war, in welchen Schrecken er Eske versetzt hatte, half der zitternden Frau in ihre Kleidung. Sand und Nässe waren überall in den Kleidungsstücken. Eske fror. Sie hüpfte auf und nieder und schwang ihre Arme in großen Kreisen. Boris ging lachend in Deckung. Dann gab sie ihm einen kräftigen Stoß gegen die Brust und rannte ihm davon. Boris lief ihr mit großen Schritten hinterher. Im Nordseestrand blieben die Fußabdrücke zurück: die kleinen, leichtfüßigen einer jungen Frau und die großen, schwerfälligeren eines Mannes. Dann kamen die Wellen und löschten alles aus.

Am Fuß der Dünen hatte Boris Eske endlich eingeholt. Sie legten sich zwischen zwei Hügeln in den Sand. Wieder einmal staunte Eske, wie windstill es in den Dünen war. Ihr Kopf ruhte auf Boris Brust und beide schauten in den Nachthimmel. Eine Wolkenlücke tat sich auf und Sterne waren zu sehen. Ein Gefühl ihrer Winzigkeit im Weltall überkam sie. „Hoffentlich", dachte sie, „kann Boris einfach mal diese wunderschöne Stimmung aufnehmen und fängt nicht an, mir Vorträge zu halten und die Sternbilder zu erklären." Da fiel ihr auf, dass Boris seit Minuten nichts mehr gesagt hatte. Sie richtete sich ein wenig auf und versuchte, sein Gesicht in dem spärlichen Licht auszumachen. „Klugscheißer", sagte sie zärtlich zu dem Mann neben ihr, „du kannst ja schweigen." Der seufzte mehrfach tief und drückte sanft ihren Kopf zurück.

Stunden später schlenderten sie Arm in Arm zurück. Wolkenfetzen jagten wild über den Himmel. Die Lichter der Nachbarinsel Juist schienen herüber. Sie erreichten den Hauptbadestrand im Westen. Eines der Strandcafés hatte noch geöffnet. Boris und Eske nahmen an einem der Tischchen Platz. Die wenigen Gäste musterten sie neugierig: Mit ihrer sandbesudelten Kleidung machten sie einen verwegenen Eindruck. Eske hievte sich auf einen der freien Barhocker und klaubte Boris ein Bündel Seegras vom Pullover. Aus der Musikbox dröhnte Barbara Streisand. Die Dame hinter dem Tresen war nicht begeistert über die späten Gäste, sie hatte einen langen Tag hinter sich. Wortlos wischte sie mit schmierigen Lappen über die Holzfläche. Dann warf sie den Fetzen ins Spülbecken, in dem eine unappetitliche Brühe schwappte. „Was darf's sein?", fragte sie schließlich und wischte sich die Hände an ihren Jeans ab.

Boris fragte nach einem probiotischen Drink, dann nach einem Ingwertee. Beides war nicht zu bekommen. „Handgewärmte Bio-Buttermilch mit linksdrehenden Bakterien haben wir auch nicht", erklärte die Tresenkraft genervt und knallte den beiden die Getränkekarte auf die Platte. „Ein Bier bitte", orderte Boris schnell. „Das geht ja wohl." Ohne eine Antwort griff die Bedienung zu einem leeren Bierglas und hielt es unter den Zapfhahn. „Und du?" fragte sie Eske, ohne aufzusehen.

„Sex on the beach", bestellte diese mit kehliger Stimme.

„Oh", gab die Thekenfrau zurück und sah auf die sandige Kleidung von Eske und Boris. Ein kleines Lächeln huschte über ihr Gesicht. Dann suchte sie

Wodka, Grenadine und die anderen Ingredienzien des Cocktails zusammen, kippte sie in den Shaker und mixte lautstark die Zutaten. Schließlich standen die beiden Getränke vor Boris und Eske.

„Ten behoeve", prostete Eske ihrem Begleiter zu und sog an den Strohhalmen. Sex on the Beach - dazu war es nicht gekommen. Wieder einmal. Wie eine eiserne Faust hatte sich etwas in Eske zusammengezogen und die romantische Stimmung war mit einem Schlag verschwunden gewesen. Zum Glück war Boris verständnisvoll gewesen.

„Woran denkst du?", schrie Boris gegen die laute Musik an.

„An gar nichts", log Eske. Warum war sie nur so prüde?

„Wann müssen wir morgen eigentlich aufbrechen?" Boris bemühte sich, das Gespräch in Gang zu halten.

„Hochwasser ist um 9 Uhr. Spätestens um 6 Uhr in der Früh müssen wir los", antwortete Eske und dachte, dass Boris sanfte, ausdrucksvolle Augen hatte.

„Das ist ja nicht mehr lange hin." Boris krempelte den Ärmel hoch, um seine Armbanduhr ablesen zu können. „Nur noch fünf Stunden. Wollen wir langsam zurück?"

„Das ist wohl besser", gab Eske zurück. Vergeigt, dacht sie. Wieder einmal vergeigt.

„Zahlen!", bedeutete Boris der Tresenkraft und leerte sein Bierglas mit einem gewaltigen Zug. Jetzt wirkte er richtig arrogant!

„Zusammen?", fragte sie pro forma zurück und zwinkerte Eske verschwörerisch zu.

Boris nickte leicht.

„Neunzehn Euro fünfzig"

„Zwanzig", gab Boris zurück und tastete nach seinem Portemonnaie.

„Zwanzig, danke", sagte die Lady und knöpfte die dicke Kellnerbörse auf. Ihr Blick sprach Bände: Wie konnte man nach einer Liebesnacht nur so knickerig sein und ein Trinkgeld von 50 Cent geben? Was war das denn bitte für ein Kleingeist?

Boris fummelte an der Gesäßtasche seiner Jeans herum und bekam einen roten Kopf. Wo war sein Portemonnaie?

Die Tresenkraft trommelte nervös mit den Fingern. „Eske", sagte Boris verlegen. „Ich muss mein Geld am Strand verloren haben. Hast du etwas dabei?"

Eske kramte in ihrer Hosentasche. Dort fand sie nur einen Euro und fünf Cent, eine Duschmünze und einen Schäkelöffner.

Boris winkte die Bedienung verschwörerisch zu sich heran, aber die Frau blieb auf Distanz und beugte sich nur ein wenig vor. Er senkte die Stimme. „Es ist mir sehr peinlich, aber wie es aussieht, haben wir kein Geld dabei."

„Ihr habt kein Geld dabei", echote die Bedienung und räumte die Gläser weg. „Ihr geht ohne Geld ins Strandcafé und bestellt euch, was die Getränkekarte hergibt. Super! Und nun?"

„Es ist meine Schuld", versuchte Eske zu erklären. „Ich war schwimmen und da ..."

„Geschenkt, Schwester", unterbrach die Tresenkraft Eske. Für Einzelheiten des Techtelmechtels war es ihr zu spät in der Nacht. „Bringt mir das Geld morgen." Dann schaltete sie das Licht im hinteren Bereich aus und ging an die anderen Tische, um abzukassieren.

Eske und Boris erhoben sich von ihren Barhockern und sahen schuldbewusst auf den Sand, der sich unter den

Sitzen angehäuft hatte. Boris krabbelte auf dem Boden herum, vielleicht lag seine Geldbörse dort irgendwo? Aber außer einigen Zigarettenkippen, einer abgelaufenen Kurkarte und einer Haarspange war dort nichts. Als Boris wieder hochkam, stieß er sich den Kopf an der Tresenplatte, dass es schepperte. Die Tresenfrau, die gerade mit einem Tablett voller Gläser zurückkam schüttelte den Kopf und sah Eske mitleidig an. „Bist du dir sicher, dass das der Richtige ist?", schien ihr Blick sagen zu wollen.

„Du Armer!", kicherte Eske und kühlte seine Stirn mit einem leeren Bierglas. Dann pustete sie mit übertriebener Besorgnis auf das wachsende Horn auf Boris Stirn. Schließlich rutschte sie von ihrem Barhocker, ergriff die Hand von Boris und hüpfte übermütig aus dem Strandcafé, ihren Begleiter hinter sich herziehend.

„Dinge haben häufig einen tieferen Sinn", dachte Eske, als sie Hand in Hand zu dem Platz zurückwanderten, an dem sie in den Dünen gelegen hatten. Das Wasser war inzwischen weiter abgelaufen. Die Sandbänke glitzerten im fahlen Mondlicht. Gezackte Wolkenfetzen zogen mit hoher Geschwindigkeit von West nach Ost und verdeckten für Minuten den Mond um ihn dann wieder freizugeben. Der Wind hatte zugenommen und die Brandung war stärker geworden. „Vielleicht finden wir nicht nur das Portemonnaie, sondern auch die Liebe", dachte Eske weiter. Jetzt konnte sie nicht mehr verstehen, warum sie Boris vorhin zurückgewiesen hatte. Sie spürte ein warmes Gefühl in ihrem Bauch, eine Neugier, ein Verlangen. Mit großen Sprüngen hüpfte sie durch den noch feuchten Sand und Boris hatte Mühe, mit ihr Schritt zu halten.

Die Dünen sahen in dem schwachen Mondlicht überall gleich aus. Zweimal glaubten sie schon, die Stelle wiedergefunden zu haben. Boris wurde immer nervöser.

Schließlich erreichten sie den Platz, wo sie vor Stunden gelegen und die Sterne beobachtet hatten.

„Hier ist es", stellte Boris fest und begann die Umgebung abzusuchen. Hektisch durchkämmte er den Sand mit den Fingern, tastete das Dünengras ab und sah unter den Steinen nach.

„Ja, hier ist es", stimmte Eske zu und legte sich rücklings in den Sand. Der Himmel sah jetzt noch beeindruckender aus als vorhin. Eine Sternschnuppe zog eine Lichtspur durch das Dunkel. Ein Halm Strandhafer kitzelte Eske am Hals. Sie lachte kehlig. Dann richtete sie sich halb auf und suchte Boris mit ihren Augen.

„Boris", raunte sie. „Ich will dich. Ich will dich jetzt." Wie lange hatte sie solche Worte nicht mehr ausgesprochen! Wie gut, wie befreiend war es, das offen und laut zu sagen in dieser fantastischen Umgebung!

„Ich verstehe es nicht", sagte Boris und wühlte rastlos im Sand herum. „Es muss hier doch irgendwo liegen." Hatte er sie nicht gehört?

„Boris", sagte sie noch einmal, ganz langsam und lasziv. „Küss mich, du verrückter Kerl." Dann zog sie Boris zu sich herunter, schlang ihre Arme um den Mann, schloss die Augen und öffnete den Mund.

„Gleich Eske, ich muss erst dieses verdammte Portemonnaie finden. Es muss doch hier irgendwo liegen. Meine ganzen Karten sind da drin. Helf mir doch bitte mal suchen!" Boris befreite sich aus ihrer Umarmung und tastete die Umgebung ab.

In Eske zog sich alles zusammen. Ihr wurde schlecht. Boris wollte sie gar nicht! Wie hatte sie sich nur einbilden können, dass er auch sie begehrte! Der Himmel stürzte ein. Tränen rannen ihr über die Wange. Dann sprang sie auf und rannte davon, hinein in das Dunkel der Dünen.

„Eske, Eske, warte doch", hörte sie Boris hinter sich rufen. „Eske, ich habe es gefunden. Komm zurück!" Aber sie lief und lief, bis sie keine Luft mehr bekam. Dann ließ sie sich in eine Mulde fallen und heulte sich die Seele aus dem Leib. Nie wieder im Leben, so schwor sie sich, würde sie sich derartig ausliefern. Nie wieder würde sich so verletzen lassen.

Eske klopfte sie sich den Sand aus der Kleidung und ging langsam zurück zu ihrem Schiff.

Von Norderney nach Juist

Am nächsten Morgen quäkte Eskes Handy mit einem markigen Wecksong los. Die Nacht war wieder einmal kurz gewesen. Eske brauchte Minuten, um zu realisieren, wo sie war. Ihr Kopf dröhnte. Die Erinnerungen der vergangenen Stunden kamen ihr hoch und ein Gefühl von Scham und Enttäuschung überfiel sie. Für einen Augenblick dachte sie daran, sich einfach zurückzuziehen in die Wärme und Geborgenheit ihrer Koje. Dann aber gab sie sich einen Ruck. Schließlich war sie Eske tom Dijk, die Skipperin dieses schönen Schiffes und nicht irgendeine weichgespülte Heulsuse!

Eske krabbelte aus ihrem Schlafsack und blieb einen Moment auf der Koje sitzen. Ihr war schwindelig. Sand rieselte aus ihren Haaren und erinnerte sie an die letzten Stunden. Sie lauschte auf die Geräusche des Schiffes. Eine Leine schlug gegen den Mast. Aus den Kammern war ein mehrstimmiges Schnarchen zu hören. Ein weiteres Handy lärmte los, da hatte sich noch jemand den Wecker gestellt. Eske schnappte sich schnell ihren Waschbeutel, die Badelatschen und das Handtuch und verließ die Kajüte. Was sie jetzt gar nicht gebrauchen könnte, waren Unterhaltungen mit einem ihrer Gäste.

Es war noch finster. Das Wasser lief schon auf. Eske kletterte von Bord, verlor dabei fast ihre Badeschlappen

und machte sich auf den langen Weg zum Sanitärgebäude. In dem Haus brannte grelles, kaltes Neonlicht.
Im Toilettenraum waren zehn WC-Kabinen durch Trenn-
wände aus blauem Kunststoff abgeteilt, unten und oben
offen. Eine der Leuchtstoffröhren blinkte. Es roch un-
appetitlich.

Eske öffnete eines der Türchen und musste sich fast
übergeben, so schmutzig war der Abort. Angeekelt
knallte Eske die Tür wieder zu und suchte sich am
anderen Ende des Raumes ein Klosett. Sie nahm auf der
Schüssel Platz, studierte die Sprüche an den Wänden und
wartete darauf, dass ihr Darm das tat, was Därme von
Seefahrern tun sollten: sich dann entleeren, wenn eine
Gelegenheit dazu war, und zwar auf Kommando.

Aber nichts dergleichen passierte. Dann wurde die Tür
zum Toilettengebäude aufgerissen und Eske hörte jeman-
den mit gewichtigen Schritten durch den Raum trampeln.
Jemand betrat die WC-Kabine neben ihr und ließ sich
stöhnend auf die Schüssel fallen. Unter der Abtrennung
erblickte Eske einen fleischigen Frauenfuss, der in einem
pinkfarbenen Badeschuh mit einer opulenten Blume
steckte. Um die Fesseln kringelte sich die heruntergelas-
sene Jogging-Hose.

Eskes Darm ging sofort in den Trotz-Modus.

Die Dame in der Nachbarkabine schien derartige
Probleme nicht zu kennen. Ein Ächzen, ein Stöhnen, ein
Platschen, ein befriedigtes Grunzen. Dann klackerte die
Papierrolle und die Wasserspülung toste los. Die Frau
verließ die Toilettenkabine und schlurfte durch den
Raum. „Händewaschen nicht vergessen", dachte Eske
noch, aber da fiel die Tür des Toilettengebäudes schon
ins Schloss.

Seufzend brach Eske ihre unvollendete Sitzung ab, ging in den Waschraum hinüber, stellte fest, dass sie keine passende Duschmünze dabeihatte und trat frustriert den Rückweg durch die Nacht zu ihrem Schiff an.

Auf der *"Hope of Zegen"* brannte schon Licht. Jutta Starenberg-Krollmann stand in einem Adidas-Trainingsanzug mit sportlichen Längsstreifen in der Kombüse und hatte den Kocher in Gang gesetzt. Aus dem Kofferradio dröhnte eine Gute-Laune Musik, Toni Marshall oder sowas. „Einen wunderschönen guten Morgen, Eske", intonierte Jutta lautstark und goss den Kaffee auf.

„Morgen", murmelte Eske und verzog sich mit angezogenen Knien in die hinterste Ecke der Sitzbank. Jutta watschelte in ihren Badelatschen geschäftig hin und her, sie waren pinkfarben und mit einer kitschigen Blume geschmückt.

Aha! Es war also Frau Jutta Starenberg-Krollmann, Lehrerin für Deutsch und Geschichte gewesen, die neben ihr gehockt hatte.

„Herrlich, der Morgen", schwärmte Jutta und drehte das Radio etwas lauter. Der Kaffee war jetzt fertig. Zwei Becher standen dampfend auf dem Tisch.

„Willst du Milch und Zucker oder trinkst du schwarz?"

„Ja."

„Ja, was?" Jutta Starenberg-Krollmann konnte solche unpräzisen Antworten nicht leiden.

„Milch", stöhnte Eske. „Und Zucker." Wenn sie doch bloß mal einen Moment still wäre!

Jutta warf schwungvoll ein Stück Würfelzucker in Eskes Kaffeebecher und fügte einen Schuss Milch hinzu. Dann rührte sie fürsorglich um. Der Löffel kratzte dabei

auf dem Boden der Steinguttasse und machte ein quiet-
schendes Geräusch, das Eske einen Schauer über den
Rücken jagte.

„Schlecht geschlafen?", erkundigte sich Jutta.

„Hmm", machte Eske.

„Das kenne ich", erklärte Jutta. „Liegt am Vollmond.
Es gibt nur ein Mittel, das zuverlässig dagegen hilft."

„Ja?", fragte Eske lustlos.

„Ja!", bekräftigte Jutta nach einer kleinen Kunstpause.
„Heiße Milch mit Honig. Abends getrunken."

Bei dem Gedanken an heiße Milch mit Honig, wo-
möglich noch mit einer Haut darauf, drehte sich Eske der
Magen um. Sie musste sich den Bauch halten, um sich
nicht zu übergeben. Jutta verstand ihre Geste falsch. „Du
hast Hunger, mein Herzchen", stellte sie fest. „Das ist gut.
Ich schmiere dir jetzt ne Stulle und dann schmeißen wir
den Rest der faulen Bande aus den Federn."

Wenig später kaute Eske mit langen Zähnen auf einem
dicken Butterbrot herum, das mit Käse, Salami und Salat
belegt war und bemühte sich, nicht an das unterlassene
Händewaschen zu denken. Tatsächlich fühlte sie sich danach etwas besser. Sie drehte Toni Marshall den Saft ab
und begann den alten Weckruf der Segelschiffe zu singen: „Reise, reise - alles aufstehen!"

Ein Teil der Crew quälte sich nach und nach aus den
Kojen und erschien mit strubbeligen Haaren in der Kombüse, um sich einen Kaffee abzuholen. Die andere Hälfte
zog es vor, sich tief in den Schlafsäcken zu verkrümeln.
Gegen sechs Uhr in der Früh waren Schiff und Mannschaft startbereit. Draußen war es inzwischen hell geworden. Eine dunkle Wolkenbank stand über dem Festland.
Eske holte den aktuellen Wetterbericht ein: Westwind der
Stärke vier war gemeldet, dabei Regenschauer und Böen

bis sieben Beaufort. Und es war kalt: gerade mal zehn Grad. Eske fröstelte, und das lag nicht nur an der niedrigen Temperatur. Einen Moment wärmte sie sich die Finger an der heißen Kaffeetasse. Dann drückte sie den Startknopf der Maschine.

Der alte Schiffsdiesel ächzte und orgelte und blieb stehen, als Eske den Knopf losließ. Hans-Dieter Bindestrich, der an Deck die letzten Vorbereitungen traf, steckte besorgt seinen Kopf in das Ruderhaus. „Was hat er denn nur wieder?", fragte er und rieb die Anzeige des Dieseltanks blank. Nein, Treibstoff war genug vorhanden.

Eske zuckte die Schultern und wiederholte den Anlassversuch. Der alte Motor quälte sich redlich, aber er sprang nicht an. Die Drehungen des Anlassers wurden langsamer und mühevoller, allmählich ging die Starterbatterie in die Knie.

Dann, beim dritten Versuch, als der Anlasser es kaum noch schaffte, die Maschine zu drehen, gab es einen kleinen Knall, eine tiefschwarze Rauchwolke entwich dem Auspuff und ganz langsam begann der alte Diesel zu tuckern, erst unregelmäßig und unrund, dann aber kraftvoll und gleichmäßig.

„Auf Juist werden wir die Maschine ganz genau untersuchen", entschied Eske. „Aber nun müssen wir los. Die Tide läuft uns davon."

Eske ergriff das Ruder und gab Hans-Dieter Bindestrich das Zeichen, die Leinen loszuwerfen. Dann gab sie etwas Gas und das alte Schiff fuhr langsam aus dem schützenden Hafen von Norderney.

In der Einfahrt betätigte Eske das Schiffhorn und weckte damit die letzten Schläfer. Die *"Hope of Zegen"* umrundete die Hafeneinfahrt. Der Flutstrom lief kräftig gegen an und ein frischer Wind aus West wehte ihnen entgegen. Die See war völlig ruhig, weil Wind und Strömung aus der gleichen Richtung kamen. Draußen im Seegatt zwischen den Inseln würde die Situation anders werden.

Eske atmete tief durch. Sie ließ sich von der frischen und kühlen Brise durchpusten. Langsam wurde ihr Kopf klarer. Thomas versorgte sie mit einem Becher heißem Tee, blieb einen Moment bei ihr stehen und schwieg einfach. Dann nickte er ihr freundlich zu und gesellte sich zu einer kleinen Gruppe, die vorne auf der Back stand und wortlos in die Bugwelle schaute. Ein Fischkutter kam ihnen entgegen, verfolgt von einem kreischenden Möwenschwarm. Eske wärmte ihre Hände an der heißen Teetasse und nahm einen kräftigen Schluck.

Die Morgenstimmung wurde durch ein Kneifen in ihrem Bauch gestört. Eskes Darm führte mal wieder sein Eigenleben. Heute Morgen, in der Sanitäranlage des Yachthafens, hatte er sich vom Auftreten der Jutta Starenberg-Krollmann ins Bockshorn jagen lassen und war in die Agonie verfallen. Jetzt meldete er sich wieder.

„Geht gar nicht", sagte Eske zu ihren Eingeweiden. Das Schiff näherte sich jetzt dem gefährlichen Seegatt und es war völlig ausgeschlossen, dass die Skipperin ihren Platz am Ruder verließ, um auf das Bordklo zu gehen. Sie versuchte, sich mit autogenem Training zu entspannen und tatsächlich ließen die Krämpfe in ihrem Inneren nach. Allerdings nur für einen Moment, dann kamen sie noch heftiger als zuvor zurück. Zu allem Überfluss öffnete sich in diesem Moment auch noch die Kajütentür und Boris kam heraus.

Boris blinzelte in das Tageslicht. Er sah ziemlich mitgenommen aus. Die Haare standen ihm wirr vom Kopf,

138

die Augen waren rot unterlaufen und der ganze Mensch wirkte zerknittert.

„Guten Morgen, Eske", krächzte Boris.

„Moin", gab Eske zurück. Sie vermieden es, sich in die Augen zu sehen.

„Ganz schön kalt heute." Boris schlotterte am ganzen Leib. „Sag mal Eske, was war gestern mit dir plötzlich los? Du warst mit einem Mal völlig verändert!"

Eske holte Luft und wollte ihm eine scharfe Antwort entgegenschleudern. Aber in diesem Moment zog sich ihr Bauch mit einem gewaltigen Krampf zusammen. Sie musste augenblicklich auf den Topf, sonst würde sie sich hier an Deck in die Hosen machen. Sie krümmte sich. „Boris", rief sie panisch. „Übernimm mal kurz das Ruder, ich muss dringend aufs Klo. Siehst du die grün-rote Tonne voraus? Fahr genau darauf zu! Ich bin in einer Minute wieder hier!"

Ohne eine Antwort abzuwarten stürmte Eske den Niedergang hinunter, fiel fast über die Beine von Christine, die sich gerade die Fußnägel lackierte und enterte in großer Not die Toilettenkabine. Die Verschlüsse ihrer Ölhose klemmten, endlich bekam sie die Träger gelöst, zerrte ihre Kleidung herunter und ließ sich erleichtert auf den Klositz fallen. Gerade noch geschafft!

Die Entspannung hielt nur wenige Sekunden an. Irgendetwas stimmte nicht. Eske wurde unruhig. Die Bewegungen des Schiffes hatten sich verändert. Die *"Hope of Zegen"* setzte anders in die Seen ein und das Klappern der Takelage klang anders als vorher. Der Skipperin brach der Schweiß aus. Hatte das Boot seinen Kurs geändert?

Eske spülte in Windeseile, riss die Hose hoch und stürmte los. Unterwegs fiel sie ein zweites Mal über die

Beine von Christine, rappelte sich auf und hechtete den Niedergang hinauf. Am Ruder stand Boris, umgeben von mehreren Crewmitgliedern, und hielt wortreiche Vorträge. Eske blickte erschreckt nach vorne. Statt der offenen See lag die Insel Juist vor ihnen. Sie fuhren direkt auf die hohen Sandbänke des Seegatts zu. Das Schiff hatte das Fahrwasser verlassen. In wenigen Sekunden könnten sie auf den betonharten Sand auflaufen. Die Wellen würden die *"Hope of Zegen"* in kürzester Zeit zu Kleinholz verarbeiten!

Eske schrie auf, stürmte ans Steuerrad, stieß Boris grob beiseite und legte das Ruder hart auf die Seite. Es dauerte einen langen Moment, bis das alte Schiff die Kursänderung aufnahm. Direkt vor ihnen war die Brandung auf der Untiefe zu sehen. Nur eine kurze Distanz trennte sie vom Verderben. Endlich schwang der Bug langsam herum, im Zeitlupentempo gewann die *"Hope of Zegen"* wieder tieferes Wasser und arbeitete sich Meter um Meter von der Gefahrenstelle weg.

„Bist du wahnsinnig geworden?", schrie Eske Boris an und ihre Stimme überschlug sich dabei. „Du solltest auf die Tonne im Norden zu fahren. Du hättest uns fast auf die Sandbank gesetzt!"

„Wir wollten nur die Seehunde anschauen. Hast du die gesehen? Süß, oder?" Boris grinste.

„Du bist das Allerletzte", schrie Eske ihn an. „Wir hätten hier ersaufen können, du Idiot!"

„Nun blas dich mal nicht so auf!"

„Was?", schrie Eske. „Ich blase mich auf? Kapierst du nicht, was du angestellt hast? Geh sofort hier weg, das ist ein Befehl!"

„Oho, ein Befehl", gab Boris höhnisch zurück.

„Hau hier ab", schrie Eske und spürte eine schwere Hand auf ihrer Schulter. Hans-Dieter Bindestrich war aus dem Maschinenraum gekrabbelt und besah sich die Szene mit hochgezogenen Augenbrauen. Er wog einen schweren Schraubenschlüssel in seiner ölverschmierten anderen Hand.

„Dieser Idiot hat uns fast auf die Sandbank gesetzt", platzte es aus Eske heraus.

„Wäre vielleicht besser, wenn der feine Herr den Anweisungen der Schiffsführung folgen und hier verschwinden würde", sagte Hans-Dieter gefährlich leise und sah auf das schwere Werkzeug in seiner Hand. „Und zwar ziemlich plötzlich, wenn's recht ist."

„Armleuchter", knurrte Boris wütend.

„Wie bitte?", fragte der Bootsmann höflich zurück und hielt sich mit einer übertriebenen Geste die Hand hinter das Ohr. Aber Boris ging darauf nicht ein. Mit einer theatralischen Kopfdrehung schleuderte er sich eine Haarsträhne aus dem Gesicht und verzog sich auf das Vorschiff.

Eske atmete tief durch. „Danke", seufzte sie.

Der alte Bootsmann ließ den Schraubenschlüssel in der Seitentasche seiner Latzhose verschwinden und sah seine Skipperin stirnrunzelnd an. „Wie konntest du diesem Kasper denn das Ruder anvertrauen? Hier im Seegatt?"

„Du warst ja wieder einmal nicht da! Und ich musste auf den Pott. Ich konnte keine Sekunde mehr warten!"

„Du musstest auf den Pott? Gerade jetzt, mitten im Gatt?" Der alte Seebär schüttelte verständnislos den Kopf.

„Mein Darm hat eben sein Eigenleben", räumte Eske kleinlaut ein. „Und du warst ja auch nicht greifbar. Mal wieder."

„War im Maschinenraum, Lady", brummte Hans-Dieter. „Der alte Jockel muckt mal wieder."

„Was hätte ich denn tun sollen?"

„Da hättest du dir lieber in die Hose scheißen sollen, als diesem komischen Heiligen das Ruder anzuvertrauen."

Eske antwortete nicht. Hans-Dieter hatte recht. Sie hätte das nicht tun dürfen. Es war wie ein Fluch. Wieder einmal hatte sie durch ihre Gedankenlosigkeit eine Crew und ein Schiff in Gefahr gebracht. Erinnerungen stiegen in ihr hoch. Wenn diese Reise zu Ende war, würde sie ihren Job an den Nagel hängen. Sie taugte nicht zur Skipperin. Sie taugte zu gar nichts. Alles, was sie anpackte, ging schief. Vielleicht sollte sie in ein Kloster gehen. Sie schniefte laut und vernehmlich. Hans-Dieter sah sie verlegen an und legte ihr seine ölverschmierte Seemannspranke auf die Schulter. Ein dunkler Fettfleck blieb auf ihrem hellen T-Shirt zurück. „Na, nun lass mal, Eske", brummte er verlegen. „Ist ja nichts passiert." Dann trollte er sich nach achtern und verschwand wieder im Maschinenraum.

Eske stand jetzt allein in der Plicht und steuerte die *"Hope of Zegen"* durch das Dovetief zwischen Norderney und Juist in Richtung offene See, umrundete die grün-rot-grüne Fahrwassertonne und drehte das Schiff um einen spitzen Winkel in Richtung Südwest. Der Ebbstrom hatte inzwischen eingesetzt und die *"Hope of Zegen"* musste sich mühsam gegen die Strömung und den Wind voran kämpfen. Sie kamen unter den Schutz von Juist. Einsame Sandbänke lagen da im Ostteil der Insel. „Kalfamer", dachte Eske, „warum heißt diese menschenverlassene Sandwüste nur Kalfamer?"

Seehunde lagen auf den Dünen und dösten vor sich hin. Sie beäugten das alte Schiff mit ihren großen Kinderaugen. Bekümmert blickte Eske zurück, als die *"Hope of Zegen"* in das Memmert Wattfahrwasser einlief. Die Seehundsbank verschwand langsam aus ihrem Blickfeld.

Der Wind frischte weiter auf, wehte unangenehme Tröpfchen herüber und die Wolken über dem Festland wurden immer bedrohlicher. Eine klamme Kälte kroch in Eske hoch; Schlafmangel und Niedergeschlagenheit taten ein Übriges. Der Regen wurde stärker. Die See sah jetzt schmutzig-grau aus und selbst die Insel Juist schien Melancholie zu verströmen. Eske zog die Nase hoch und wischte sich mit einer trotzigen Handbewegung unter der Nase entlang. Sie zitterte vor Erschöpfung. Plötzlich spürte sie einen leichten Knuff im Rücken. Thomas stand hinter ihr und hielt eine Tasse mit dampfendem Tee und eine dicke Segeljacke in der Hand. Ohne ein Wort nickte er ihr freundlich zu, übernahm für einen Moment das Ruder, damit Eske in ihre Jacke schlüpfen konnte und reichte ihr den Becher. Eske griff dankbar zu, wärmte ihre Hände an der heißen Mug und nahm einen tiefen Schluck. Der Tee war heiß und bitter und brannte in der Speiseröhre, aber er tat gut. Dann sah sie Thomas nach, der sich nach vorne auf die Back begeben hatte, wo schon Hans-Dieter Bindestrich und Kalle standen und wortlos in die Bugwelle starrten.

Die drei Männer brauchten keine Worte, um sich zu verstehen. Der Bug tauchte in langsamem Rhythmus in die Wellen ein, die Bugwelle spritze auf, das Schiff hob sich ein wenig, Gischt spritzte voraus. Dann glitt das Schiff in die nächste Woge ein und das Schauspiel wiederholte sich.

Die Männer wurden nass, aber das störte sie nicht. Thomas griff in die Tasche seiner Jacke, zog eine Tafel Blockschokolade hervor und teilte sie brüderlich.

„Danke", sagte Kalle knapp. Da hatte doch tatsächlich einer mal ein Wort gesprochen! Hans-Dieter Bindestrich hielt sein Stück Schokolade hoch und nickte ein wenig. Alles klar! Thomas nickte zurück und atmete tief durch. Herrlich!

„Hmm", machte Kalle, als der Schiffsdiesel auf einmal unrund lief und sich einmal leicht verschluckte. Das hieß so viel wie: „Ich bin Treckerspezialist, liebe Freunde, und ich bastele fast jeden Tag an den Oldtimern herum. Die alten Motoren funktionieren eigentlich sehr zuverlässig, aber manchmal haben sie eben ihre Macken. Könnte es sein, dass der Dieselfilter nicht sauber ist? Oder dass sich Wasser im Abscheider gesammelt hat? Oder könnte es die Dieselpest sein?"

„Tscha", gab Hans-Dieter Bindestrich zurück und blickte dabei tiefsinnig auf die Bugwelle. Das bedeutete in etwa: „Das habe ich auch schon gedacht. Alles überprüft, aber keinen Fehler gefunden. Keine Ahnung, was die alte Lady in den letzten Tagen hat."

„Pff", ließ sich jetzt Thomas vernehmen und zuckte leicht mit den Schultern, was wohl meinte: „Wir wollen uns keine übertriebenen Sorgen machen. Wird schon alles gut gehen. Genießen wir den Augenblick!"

Nach dieser wortreichen Kommunikation schwiegen die drei erst einmal eine Weile. Die *"Hope of Zegen"* stampfte durch die wabbelige See und arbeitete sich Meile um Meile weiter nach Westen vor. Gemächlich schlängelte sich der Priel durch die Wattenlandschaft. Das Wasser wurde flacher, so dass sich die Heckwelle des Schiffes brach. Sie näherten sich jetzt der ersten Wasserscheide, einer flachen Stelle. Hans-Dieter Bindestrich blickte auf seine Armbanduhr. Es war schon zwei Stunden nach Hochwasser. Das erste Wattenhoch würden sie schaffen, aber kurz vor der Einfahrt in den Juister Hafen befand sich eine Sandbank, wo es noch flacher war. Dort könnte es knapp werden.

Und so kam es auch. Durch den starken Westwind war die *"Hope of Zegen"* langsamer vorangekommen als berechnet und so erreichten sie die flachste Stelle des Törns viel zu spät. Alle standen an Deck und fieberten, ob sie es schaffen würden. Eske versuchte, mit ganz langsamer Fahrt das Schiff über die Untiefe zu manövrieren. Zwei Pricken fehlten, gerade an einer Stelle, wo das Fahrwasser einen Knick machte. Die Skipperin suchte mit Röntgenaugen die Wasseroberfläche ab, um anhand der Wellen die tiefsten Stellen zu erahnen. Vergeblich. Es gab einen Ruck, und das Schiff saß auf der Sandbank fest. Eske versuchte noch, mit Ruderbewegungen und Rückwärtsgang frei zu kommen, aber die *"Hope of Zegen"* bewegte sich nur noch ein wenig auf der Stelle hin und her, dann ging gar nichts mehr. Innerhalb von wenigen Minuten war das Wasser weiter abgelaufen. Das Schiff lag hoch und trocken.

Enttäuschung machte sich breit. Alle hatten sich schon auf Juist gefreut. Christine versuchte, sich eine Zigarette anzuzünden. Immer wieder blies der Wind die Flamme ihres Feuerzeugs aus. Kalle trat zu ihr und formte mit seinen Händen einen Windschatten. Jetzt klappte es. Christine sah ihn dankbar an. Was für starke, sonnengebräunte Hände er hatte!

„Danke", sagte Christine kehlig und sah ihn für einen langen Moment an. „Möchtest du auch eine?"

„Warum nicht?", antwortete Kalle und Christine fingerte eine der Zigaretten aus der Schachtel.

„Eve", las Kalle auf dem Etikett. Die lange, dünne Frauenzigarette nahm sich merkwürdig in seiner Handwerkerpranke aus. Christine reichte ihm ihre Zigarette und er entzündete die seine an ihrer Glut. Die beiden sahen sich in die Augen und inhalierten einen tiefen Zug.

Karin schnupperte und drehte sich dann zu ihrem Mann um. „Du rauchst?", keifte sie ihn an. „Du weißt genau, dass der Doktor dir das verboten hat." Und dann, hasserfüllt zu Christine: „Sehr liebenswürdig von dir, dass du ihn aufgestachelt hast. Was meinst du, was ich mitgemacht habe, als er sich das Rauchen abgewöhnen musste. Einen Herzinfarkt hatte er schon."

„Hatte er?", fragte Christine ungerührt zurück und sog einen tiefen Zug ein.

„Ja", kreischte Karin, „und das ist dir anscheinend völlig egal."

Christine blies den Rauch durch ihre Nase, dann sah sie auf und blickte Karin in die Augen. „Wie alt ist er eigentlich?"

„56", schnauzte Karin. „Laut Ausweis. Nach innerer Reife vielleicht 13. Da reicht irgendeine aufgetakelte Schickse, um alles zu verspielen, was wir uns aufgebaut haben."

„Aufgetakelte Schickse", wiederholte Christine langsam. „Damit meintest du aber nicht mich, oder?"

„Das kannst du dir aussuchen!"

„Pass auf deine Hausfrauenfrisur auf. Sie kommt im Wind durcheinander, trotz Dreiwettertaft."

„Was?", schrie Karin und ihre Stimme überschlug sich.

„Ladys", versuchte Kalle zu beschwichtigen, „es ist doch gar nichts passiert. Ich mach die Zigarette ja schon aus. Hast ja Recht, Schnuckilein." Sprach's und warf die Fluppe in hohem Bogen über Bord, aber nach Luv, was ein Seemann nie tun würde. Postwendend wehte der Wind die Kippe zurück und sie landete an Deck.

Madita trat zu ihnen, schnappte sich den brennenden Zigarettenstummel. „Ah es regnet Nikotin. Wir müssen im Paradies sein. Vielleicht schickt uns der Himmel noch mehr verbotene tolle Sachen!" Sie nahm einen Zug.

„Madita!", schrie jetzt Christine und versuchte, ihr die Zigarettenkippe abzunehmen. „Hör sofort auf zu rauchen!"

„Aber Mama", antwortete Madita und entwand sich ihr geschickt. „Du rauchst doch auch!"

„Du bist noch ein Kind! Und du hast Diabetes!" Dann flog die Kippe über Bord, diesmal zur richtigen Seite.

Die Stimmung auf dem Vorschiff sank weiter. „Freunde!", rief Boris in den Morgen hinein. „Es ist halt, wie es ist. Wir wollen die Gelegenheit nutzen, um in unserem Seminar und in unserer Erkenntnis weiterzukommen. Bestimmt ist es ein Wink des Schicksals, dass wir jetzt Zeit für uns haben und nichts uns ablenken kann."

Als Zeichen der inneren und äußeren Sammlung griff er sich einen der schweren Belegnägel aus Messing und schlug damit gegen den Mast. Ein erhabener Ton entstand, als der Klangkörper des alten Holzes seinen Ruf in die Welt hinausschickte. Dann schlug Boris noch einmal, noch kräftiger, und es klang wie ein antikes Xylophon. Zum dritten Schlag kam es nicht mehr, weil Hans-Dieter Bindestrich mit zornrotem Kopf aus dem Maschinenraum nach vorne gestürmt war und dem Guru den Belegnagel aus der Hand riss. „Geht's noch?", schrie er ihn an. Einen

Moment wog er den schweren Messingnagel in seiner Faust und Schläge lagen in der Luft. Dann drehte er sich um und fühlte mit seinen ölverschmierten Fingern zärtlich und traurig über die winzige Delle, welche die Schläge des Meisters im Redpine-Holz des Schiffsmastes hinterlassen hatten.

Eske verzog sich unter Deck und entschuldigte sich mit Navigationsaufgaben. Hans-Dieter Bindestrich murmelte etwas von Essen kochen und verschwand ebenfalls. Jutta Starenberg-Krollmann blätterte in einer Ausgabe von „Psychologie heute - Gut durchs Leben kommen. 16 Kompetenzen, die unsere Seele stärken." Ein Windstoß zerzauste die Blätter der Zeitschrift und bunte Bildchen kamen zum Vorschein. Hatte die preisgekrönte Lehrerin etwa die „GALA" unter dem wissenschaftlichen Traktat versteckt?

Der Rest der Crew ließ sich missmutig an Deck nieder. Weg konnte ja niemand und was sollte man sonst schon machen?

„Wir leben", so begann der Guru, „in einer Illusion. Wir halten das, was wir wahrnehmen, für die Realität. Die Wahrheit ist aber, dass die Realität ein Feld der unbegrenzten Möglichkeiten darstellt."

Er schwieg einen Moment und hörte dem Hall seiner Worte nach. „Milliarden von Informationen stürzen in jeder Millisekunde auf dich ein", deklamierte er und blickte dabei Jutta Starenberg-Krollmann tief in die Augen. „Nur ein Bruchteil von ihnen kann von deinem Bewusstsein verarbeitet werden. Und nur du entscheidest, welcher Teil das ist."

„Aha", machte Jutta und blätterte lautstark eine Seite der „Psychologie heute" um.

„Und welchen Teil dieser unermesslichen Menge von Eindrücken wirst du zu deinem Bewusstsein durchlassen?" Der Blick des Gurus schweifte in die Runde und blieb bei Karin hängen. „Nun?"

Karin blickte zu Boden. Sie wusste es nicht. „Denjenigen", klärte der Guru sie auf, „der zu deinem Weltbild passt. Wenn du beispielsweise der Meinung bist, Männer seien verantwortungslos und egoistisch, wirst du alle Informationen, die hierzu passen, wahrnehmen. Jede Zeitungsmeldung, jede eigene Beobachtung."

„Siehste", stellte Karins Mann Kalle fest und machte es sich auf seinem Sitzplatz bequemer. Irgendetwas in dieser Richtung hatte er schon immer vermutet.

„Das war natürlich", sagte der Guru schnell, denn er sah, dass Karin tief Luft holte und zu einer Entgegnung ansetzte, „nur ein beliebiges Beispiel. Ein vielleicht unglücklich gewähltes."

„Aber wenn das so ist", ließ jetzt Christine nachdenklich von sich hören, „mauern wir uns dann nicht in unserer eigenen Welt ein? Schmoren wir dann immer nur im eigenen Saft?"

„Genau!" Boris strahlte. Wenigstens eine aus der Gruppe hatte ihn verstanden. „Hast du einmal eine feste Überzeugung entwickelt, richtest du alle deine Sinne darauf, sie am Leben zu erhalten."

Der Guru redete sich in Fahrt. Er sprach über die Illusion des Materiellen, über die Tatsache, dass alle Realität nur aus verdichteten Energiewellen bestünde und über die unendlichen Möglichkeiten, welche das Universum bereit hielte, wenn man sich nur aus den tradierten engen Schranken des Denkens befreie. Man müsse sich nur etwas mit vollem Herzen wünschen, dann würde es sich materialisieren. „Noch vor einer Stunde", so führte er aus,

„waren wir in schlechter Stimmung und getrennt voneinander auf diesem Schiff. Mein großer Wunsch an das Universum war, dass unser Gruppen-Qi wachsen möge und wir miteinander in engen seelischen Kontakt kommen. Und was ist passiert?" Triumphierend sah er in die Runde. In der Tat, es war nicht von der Hand zu weisen, dass sich die Stimmung gebessert hatte.

„Ich bitte euch jetzt, die Augen zu schließen und euch einen Moment auf euren Atem zu konzentrieren. Verändert ihn nicht, beobachtet ihn nur. Und dann überlegt euch einen Wunsch an das Universum und glaubt ganz fest daran, dass er erfüllt wird." Das sollte dann die Nagelprobe sein, ob die Gedanken über die Freigiebigkeit des universellen Feldes wirklich zuträfen.

„Ich möchte", begann Madita, der Teenie, zweifelnd, „jetzt mal an Land. Mir wird's hier zu eng. Geht ja aber nicht, überall ist Wasser."

Die Teilnehmer schwiegen. Dann fiel es ihnen allen gleichzeitig auf: Die Ebbe hatte eingesetzt. Die *"Hope of Zegen"* lag schon hoch auf dem Schlick, ihre Wasserlinie ragte fast einen Meter aus der See. Rings um sie zeigten sich die ersten trockenen Stellen im Watt. Eine halbe Meile weiter südlich gingen bereits die Möwen spazieren. Noch eine dreiviertel Stunde, und man würde ohne Mühe zu Fuß zur Insel laufen können.

„Zufall", tönte es ketzerisch von Kalle. „Das Niedrigwasser wäre auch gekommen, wenn unser Rotschopf es sich nicht gewünscht hätte."

„Trotzdem", gab Thomas zu bedenken. „Das wir es gerade in diesem Moment wahrgenommen haben, ist schon bemerkenswert. Vielleicht ist doch etwas an der Sache dran. Ich will das Universum jetzt auch mal testen. Ich wünsche mir", sagte Thomas und sah die anderen an,

„etwas Gutes zu essen. Wenn es wahr ist, dass alle Materie nur aus Energie besteht, dann bestehe ich aus Engergiemangel."

Alles wartete gespannt, aber nichts passierte. „Das Energiefeld ist doch kein Pizza-Service", meinte Christine. „Vielleicht solltest du dir lieber wünschen, dass dein Hunger verschwindet."

„Nee, nee, das gilt nicht", wand Kalle ein. „Es muss geliefert werden oder ich halte alles für Schmu."

Eine peinliche Stille entstand, nur der Guru schien von keinen Zweifeln behelligt. Er thronte im Lotussitz und war voller Gewissheit und so ganz im Hier und Jetzt, dass ihm die Enttäuschung nichts anhaben konnte. Irgendwo knurrte vernehmbar ein Bauch. Alle warteten. Und dann geschah es: Aus der Kajüte war ein lautes Gedengel zu hören. Hans-Dieter Bindestrich schlug mit dem Kochlöffel gegen einen Topf, dass es nur so über das Wattenmeer schallte. „Backschaft", trompetete er und eine ungewohnte Fröhlichkeit schwang in seiner Stimme mit. „Essen fassen!"

Alle schnatterten aufgeregt durcheinander. „Gibt's doch einfach nicht!", wunderte sich Karin. „Wurde aber auch langsam Zeit", beschwerte sich Thomas scherzhaft mit einem Blick nach oben und tippte auf eine imaginäre Armbanduhr. „Das Universum ist ein bisschen langsam. Die Bestellung wurde doch schon vor einer Viertelstunde aufgegeben!"

„Eigentlich wollte ich die Mahlzeit heute Mittag auslassen", meldete sich Jutta Starenberg-Krollmann zu Wort und blickte auf ihr stattliches Bäuchlein. Ihrer Meinung nach hatte sie auf dieser Schiffsreise schon abgenommen; mindestens einhundert Gramm. „Aber unter diesen Umständen ..."

Im Nu waren die Teller sauber im Kreis aufgestellt und die Crewmitglieder klapperten erwartungsvoll mit dem Besteck. Dann schwang die Kajütentür auf und der Koch, seines Zeichens Matrose und Bootsmann eines Traditionssegelschiffes, kletterte den Niedergang herauf. Um seine Lippen spielte ein versonnenes Lächeln. Wie in einem vornehmen Restaurant hing ein Serviertuch über seinem Unterarm. In den Händen hielt er einen großen Topf, unter dessen Deckel kleine Dampfwölkchen entwichen.

„Mmmhh...", schnupperte Thomas und rieb sich voller Vorfreude die Hände. „Was gibt es denn Gutes?"

„Finger weg!", kommandierte Karin, denn Thomas wollte schon den Deckel lüften. Dann schnappte sie sich die große Suppenkelle und begann den Inhalt des Topfes zu verteilen. Ein undefinierbarer rot-gelber Brei landete auf den Tellern. Eske gesellte sich zu ihnen, bekam auch einen Teller in die Hand gedrückt und schnupperte an seinem Inhalt.

„Einen guten Appetit", sagte Boris feierlich.

„Bäh...", schrie Madita entsetzt auf. „Was ist denn das für eine Pampe?" Wütend schleuderte sie Löffel und Teller von sich und der rote Brei spritzte an Deck.

„Gewöhnungsbedürftig", gab Karin ihr Recht und probierte noch einmal mit spitzen Lippen. Irgendwo her kannte sie diesen Geschmack. Was war es nur?

In Eske stieg ein Verdacht auf. „Hans-Dieter", rief sie mit strenger Stimme in die Kajüte. „Kannst du bitte mal an Deck kommen?"

Der Gerufene erschien mit der größten Unschuldsmiene der Welt im Niedergang.

„Ist es vielleicht möglich", fragte Eske mit zuckersüßer Stimme und bemühte sich, einigermaßen ruhig zu bleiben, „dass unser hervorragender Sternekoch die Reste der Babynahrung warmgemacht hat?" Gestern hatten sie beim Aufräumen tief im Schiffsbauch einen Karton mit uralten Alete-Gläschen gefunden, die von einer früheren Reise mit einem Kleinkind übergeblieben waren.

„Könnte schon sein."

„Ja sag mal, spinnst du total?"

„Hatte mir gedacht, für diesen Kindergarten hier wäre es das Richtige", trompetete Hans-Dieter Bindestrich und blickte den Guru an, dem - immer noch in der meditativen Lotusposition - der Mund offenstand. Babybrei tropfte von seinem Löffel. Dann verschwand der Bootsmann wieder unter Deck und knallte lautstark die Kajütentür zu.

„Jetzt verstehe ich auch, warum die Babys so viel schreien", meinte Thomas und schob den Teller von sich weg. Das Zeugs war wirklich ungenießbar.

„Vielleicht auch ein Zeichen", meinte Kalle ironisch.

„Genau!", gab im Thomas recht. „Und zwar, dass wir jetzt auf die Insel gehen sollten. Das Wasser ist schon ziemlich abgelaufen. Und auf Juist soll es hervorragende Lokale geben. Wer kommt mit?"

Alle wollten, alle bis auf Eske und Hans-Dieter Bindestrich. Man krempelte die Hosenbeine hoch oder zog sich Shorts an. Dann kletterte als erster Thomas von Bord. Die *"Hope of Zegen"* lag auf einem schwarzen Schlickberg. Thomas schwang die Beine über die Bordkante, krabbelte auf das Seitenschwert und befand sich jetzt noch gut anderthalb Meter über dem Boden. Dann sprang er.

„Plopp" machte das Watt und nahm ihn gemütlich auf. Bis über die Knie versank Thomas in der weichen Pampe und verlor fast das Gleichgewicht. Er schwankte vor und zurück, wirbelte wild mit den Armen durch die Luft und schaffte es aber schließlich, stehen zu bleiben. Das Watt hatte seine Füße festgesaugt. Nur mit Mühe konnte er ein Bein anheben. Bei jedem Schritt entstand ein glucksendes Geräusch.

Thomas lachte. „Was für ein Modder", rief er. Dann stakste er zum Schiff zurück, um den anderen beim Aussteigen zu helfen.

„Zieh deine Hose aus", wies Christine ihr Töchterchen an. Madita hatte vergeblich versucht, sich die knallengen Röhrenjeans hochzukrempeln. „Gerne Mama", gab Madita brav zurück und pellte sich mühevoll aus ihren Skinny-Leggings. Darunter kam ein Hauch von einem knallroten Mini-Tanga zum Vorschein. Die Männer mühten sich, in eine andere Richtung zu schauen. Das Mädchen sprang mit einem katzenartigen Sprung vom Schiff in das Watt, fiel vorne über und landete mit den Händen im Schlick. „Geil", schrie Madita und spülte ihre Finger, so gut es ging, in einer kleinen Wasserpfütze ab. Dann nahm sie ein Büschel Seegras und klemmte es sich übermütig hinter die Ohren. Rote Haare, grünes Seegras, schwarze Fingernägel, wenn das nicht groovy war!

Nach und nach kletterten die restlichen Crewmitglieder vom Schiff und versanken im modderigen Watt. Nur Jutta Starenberg-Krollmann stand noch auf der Back und zierte sich.

"Komm schon", riefen die anderen.

"Lasst mich, ich kann auch hier an Bord bleiben."

"Feigling!"

Das konnte Jutta, Lehrerin für Deutsch und Geschichte, prämiert als Pädagogin des Jahres 2013 nicht auf sich sitzen lassen. Mit Todesverachtung pellte sie sich aus ihrer wallenden Ballonhose, faltete diese in Frauenmanier ordentlich zusammen und verstaute sie in ihrem Rucksack. Dann kamen die knöchelhohen Arztsocken dran.

"Wow!", entfuhr es Madita staunend und sie winkte wie ein Cheerleader mit ihren Seegrasbüscheln. Auf der Innenseite des Knöchels der Lehrerin kam ein wildes Tattoo zum Vorschein, ein martialischer Biker auf einem Höllenmotorrad, aus dem die Flammen loderten. Darunter war in altdeutschem Sütterlin das Wort "*Brotherhood*" eintätowiert. "Cool, Jutta", pfiff Madita anerkennend. Wie hatte die Lady es nur geschafft, dieses Kunstwerk so lange vor den anderen zu verbergen?

"Eine Jugendsünde", murmelte sie verlegen. "Kann ich leider nicht mehr entfernen lassen, wegen der Krampfadern. Wie soll ich denn jetzt bloß vom Schiff kommen?"

Kalle war ganz Kavalier. Ungelenk stakste er durch den Schlick, baute sich vor Jutta auf, breitete seine Arme aus und rief: "Spring nur, mein Mädchen, ich fange dich auf!"

"Denk an deine Bandscheibe!", giftete seine Frau. Dass er sich immer so aufspielen musste!

Aber da hatte Jutta schon einen mutigen Schritt gemacht, ihre 92 Kilo plumpsten herunter und rissen Kalle fast um. Der verzog für eine Sekunde schmerzhaft das Gesicht, denn in seinem Rücken hatte es verdächtig geknackt. Er lachte und hielt Jutta Starenberg-Krollmann einen Moment zu lange in den Armen, bis er sie absetzte. Sie bedankte sich, indem sie ihm burschikos die Haare zerrubbelte und ihm gegen die Brust boxte.

Karin gefiel das gar nicht. "Mich fängst du nie auf", maulte sie. "Oder nimmst mich mal in den Arm!"

"Na, komm her, meine Süße!"

"Mit einem Mal bin ich dir wieder gut genug?"

"Du bist mir immer gut genug", antwortete Kalle. Ein paar Möwen umkreisten sie und schrien in der Nordseeluft. "Du bist doch meine Frau!"

"Schön, dass du dich daran noch erinnern kannst. Wenigstens ab und zu mal."

"Na komm schon!", rief Kalle und breitete seine Arme aus.

"Ach Kalle", seufzte Karin und stapfte, so schnell der Wattenboden es zuließ, zu ihrem Mann. Sie ärmelte sich bei ihm ein. Umschlungen wateten die beiden durch den weichen Boden hinter der Gruppe her.

"Kalle?", nahm Karin den Faden wieder auf.

"Ja mein Schatz?"

"Liebst du mich eigentlich?"

"Na klar!"

"Nein, ich meine: Liebst du mich eigentlich so richtig, aus vollem Herzen?"

"Logisch!"

"Und bist du glücklich mit mir?"

"Selbstverständlich!"

"Hundertprozentig?"

"Hundertprozentig!"

"Gibt es denn gar nichts, was dich an mir stört?"

„Gar nichts!"

„Auch nicht an meinem Aussehen?"

„Auch nicht an deinem Aussehen. Für mich bis du die schönste Frau der ganzen Welt."

„Mein Kalle…", Karin kuschelte sich noch enger bei ihrem Mann ein. „Du bist ein Charmeur. Wenn du oben auf dem Dach stehst, siehst du bestimmt jede Menge toller Frauen vorbeilaufen. Irgendetwas muss es doch geben, was dir an mir nicht gefällt. Zur Liebe gehört, dass man auch darüber redet."

„Nichts, Karin. Du bist und bleibst meine Traumfrau. Nichts, was der Rede wert wäre."

„Ach!". Karin machte sich aus der Umarmung los. „Also gibt es doch etwas. Und was ist das?"

„Gar nichts. Nichts von Bedeutung."

„Ich möchte jetzt sofort wissen, was dir an meinem Aussehen nicht gefällt." Karin war stehen geblieben. Der modderige Wattboden bohrte sich in kleinen Würstchen zwischen ihren Zehen hindurch.

„Na gut, wenn du es unbedingt wissen willst: Ich finde, du könntest vielleicht etwas weniger Haarspray verwenden. Wenigstens hier auf dem Schiff und in der Natur."

„Meine Frisur gefällt dir nicht? Soll ich vielleicht so rumlaufen wie die Holländerin? Wie gerade aus dem Bett gekommen?"

„Sieht doch süß aus." Kalle hatte das nur halblaut und mehr zu sich selbst gesagt. Aber Karin hatte jedes Wort verstanden.

„Süß?", schrie sie. „Unmöglich sieht das aus! Außerdem ist sie zwanzig Jahre jünger als ich. Und hat kein dünnes Haar bekommen, weil sie sich ein Leben lang für ihre Familie abgerackert hat."

„Meine Mutter war auch immer für ihre Familie da. Und hat kein Haarspray gebraucht."

„Deine Mutter, deine Mutter!", schluchzte Karin. „Immer deine Mutter. Das war ja eine Heilige. Warum hast du nicht gleich deine Mutter geheiratet?" Sie stieß ihrem Mann mit aller Kraft vor die Brust und lief, so schnell das in dem weichen Wattboden möglich war, hinter dem Rest der Gruppe her, der inzwischen die Insel erreicht hatte.

Es war schon eine merkwürdige Karawane, die da über die Kaimauer des Hafens auf die Insel kletterte. Alle hatten sie schwarze Beine. Mit dem Schlick sahen sie aus, als ob sie Kniestrümpfe tragen würden. Der Wasserhahn am Hafen war abgesperrt. So blieb ihnen nichts anderes übrig, als so, wie sie waren, durch den mondänen Badeort zu spazieren, eine breite Schlammspur hinter sich lassend.

Madita und Jutta waren ein Stück weit zurück-geblieben. Durch das Tattoo war die Lehrerin in der Achtung des Teenies gestiegen.

„Warst du schon einmal auf Juist?", fragte Madita.

„Schon lange her. Sehr lange." Jutta musste schnaufen, um das Tempo halten zu können.

„Wie lange?"

„Sehr lange. Da war ich noch jung. Vielleicht fünf Jahre älter als du jetzt."

„Mit deinen Eltern?"

„Nein."

„Mit wem dann?" Madita ließ nicht locker.

„Weiß ich kaum noch. Ist ja schon so lange her."

„Mit einem Lover!"

„Nein. Also nicht wirklich."

„Also doch!" Madita himmelte ihre neue Freundin an. „Wie hieß er denn?"

„Das weiß ich schon gar nicht mehr."

„Das weißt du wohl. Und du liebst ihn noch immer. Wie hieß er?"

„Hab's vergessen."

„Stimmt nicht."

„Okay, stimmt nicht."

„Also?"

„Paolo. Paolo Wellington."

„Paolo", sprach Madita gedehnt nach und ließ sich dabei jeden Buchstaben einzeln auf der Zunge zergehen. „Das klingt nach Feuer, nach Leidenschaft, nach Dramatik. War er ein Spanier?"

„Nein." Jutta musste ein wenig schmunzeln. „Ein Ostfriese. Eigentlich hieß er auch gar nicht Paolo, sondern Paul. Das durfte aber niemand zu ihm sagen; dann wurde er fuchsteufelswild."

„So ein Blender! Ein Möchtegern-Spanier aus Ostfriesland! Und wie war er sonst so?"

„Schöne Augen hatte er. Und Hände. Und überhaupt geht dich das gar nichts an."

„Wie lange wart ihr zusammen?"

„Drei Jahre, so mehr oder weniger. Er war immer viel weg, fuhr zur See."

„Und dann hat er dich für ein Hafenflittchen verlassen."

„Stimmt nicht."

„Stimmt doch."

„Stimmt, ja. Stimmt leider."

„Mistkerl!"

„Ja, Mistkerl." Jutta musste lachen. „Und ich habe ihm noch die Ausbildung finanziert."

„Was?"

„Bin abends kellnern gegangen. Damit er nicht jobben musste und Zeit zum Lernen hatte."

„Schön blöd. Und was macht er heute?"

„Ist stinkreich. Besitzt eine Reederei. Und das größte Hotel hier auf Juist."

„Komm, wir gehen hin und schmeißen denen die Scheiben ein. Wir randalieren in der Eingangshalle und erzählen den Mitarbeitern, was für ein sauberer Typ ihr Chef ist."

„Vielleicht gehe ich sogar tatsächlich hin", sagte Jutta leise. „Er will, dass ich ihn treffe."

„Ich komme mit." Madita ballte ihre Fäuste.

„Du kommst nicht mit. Du bist noch ein Kind", entgegnete Jutta.

„Pah!", machte Madita. Das würde man ja noch sehen!

Endlich hatte die Gruppe die Nordseite der Insel erreicht. Dort fanden sie an einem Dünenübergang einen Wasserhahn und konnten sich den Schlick von den Beinen spülen. Sie fielen in ein Strandrestaurant ein und futterten, was die Speisekarte hergab. Niemand bemerkte, dass das Wasser inzwischen wieder gestiegen war.

Die *"Hope of Zegen"* schwamm in diesen Minuten auf und schwoite in die Ankerkette ein. Eske hatte die Stille an Bord genossen. Niemand war dort, der sie störte, der nervte oder irgendwelchen Blödsinn anstellte. Nur sie, das alte Schiff und der Bootsmann, der sich irgendwohin verzogen hatte.

Sie setzte das Funkgerät in Gang und wartete auf die Durchsage des Wetterberichtes. Endlich erklang die gelangweilte Stimme der Küstenwachstation. „Hier ist Borkum-Radio auf Kanal 28 mit der Lagemeldung. Es liegt eine Starkwindwarnung vor für die Gebiete Deutsche Bucht, Fischer und südwestliche Nordsee", leierte der Sprecher herunter.

Eske fluchte. Bei Sturm konnte sie nicht auslaufen, nicht mit diesem alten Schiff, nicht mit dem unzuverlässigen Motor und nicht mit dieser unfähigen Mannschaft. Das hatte noch gefehlt! Mit der ganzen Meute auf der Insel festsitzen! Der Ansager berichtete weiter von einem Tief über dem Ostteil des englischen Kanals, das sich verstärken und südwestliche Winde der Stärke sechs bis sieben, in Böen acht, bringen würde.

Eske rechnete. Wenn sie morgen pünktlich loskämen, könnten sie noch vor der Wetterfront am Festland sein. Ein Risiko war es aber in jedem Fall.

Eske sah auf ihre Uhr. Jetzt galt es zunächst einmal, das Schiff in den Hafen zu bringen. Die Flut war gekommen, und die *"Hope of Zegen"* ruckte ungeduldig im Strom des auflaufenden Wassers an ihrer Ankerkette.

Wo war nur der Bootsmann abgeblieben? Immer, wenn man ihn brauchte, war er nicht da. Eske suchte überall und rief seinen Namen. Endlich fand sie ihn ganz vorne im Kabelgatt, eingekuschelt zwischen altem Tauwerk, Fendern und Ersatzsegeln. Er schlief den Schlaf der Gerechten. Eske knipste die trübe Deckenlampe an. Ihr Fuß stieß gegen eine Flasche. Die Buddel kullerte in eine Ecke. „Bessen Jenever aus Holland", stand auf dem Etikett, 30% Alkohol. Die Flasche war leer.

„Hans-Dieter!" Eske rüttelte den leblosen Körper. „Du hast mir doch versprochen, an Bord nicht mehr zu saufen!"

Hans-Dieter aber war nicht ansprechbar. Er schnarchte lautstark und pustete bei jedem Atemzug eine Alkoholwolke aus, dass es einem schlecht werden konnte.

„Wach auf", schrie Eske ihm ins Ohr. Der Bootsmann reagierte nicht. Der Mann lag im Koma.

Eske griff die Schlagpütz und füllte den Eimer mit frischem Seewasser. Dann goss sie es ihrem betrunkenen Bootsmann über den Kopf. „Komm zu dir, wir müssen das Schiff verholen!"

Hans-Dieter Bindestrich schüttelte sich und öffnete vorsichtig ein Auge. Der eiskalte Guss und die Andeutung einer seemännischen Notwendigkeit ließen ihn etwas wacher werden. Er öffnete das zweite Auge, sah seine Skipperin einen Moment unverwandt an und wischte sich das Seewasser aus dem Gesicht. „Eske", ließ er sich vernehmen.

„Aufwachen! Reise, reise!", schrie sie ihn an.

Der alte Seemann stöhnte. „Was bölkst du mich so an? Ich bin ja nicht schwerhörig."

„Du bist besoffen!"

„Na denn", brummte der Bootsmann und drehte sich wieder auf die Seite.

„Los, steh auf, wir müssen in den Hafen!"

„Ach so, das ist natürlich etwas anderes." Hans-Dieter Bindestrich richtete sich auf und stieß mit dem Kopf gegen den Decksbalken. Er sah Sterne, rappelte sich aber hoch, schimpfte irgendetwas vor sich hin über das Schlingern des alten Schiffes mitten im ruhigen Wasser der Hafeneinfahrt. Dann schwankte er nach vorne an die Ankerwinsch.

Eske sah ihm sorgenvoll nach. Von vorne waren das Klackern der Ankerwinsch und das Gestöhne des Bootsmannes zu hören. Die Ankerkette polterte langsam, Glied um Glied, in den Kettenkasten.

Auf der Mole hatten sich zahlreiche Schaulustige eingefunden, die das Einlaufen des alten Segelschiffes begutachteten. Eske hasste das. Meistens waren einige Neunmalkluge darunter, die nicht mit Ratschlägen geizten.

Der Wind stand ablandig. Ein Liegeplatz zwischen zwei Schiffen war noch frei. Ganz einfach würde das Anlegemanöver nicht werden. Eske steuerte in spitzem Winkel auf die Lücke zu. Ein Mann löste sich aus der Gruppe der übrigen Menschen und fuchtelte mit den Armen in der Luft herum. Er trug einen spießigen, schwarz-weiß karierten Hut. „Mehr links!", schrie er.

Eske schnaufte verächtlich. Sie hatte solche Anlegemanöver schon hundert Mal gefahren. Der Wind würde
das Schiff von allein nach backbord drehen, wenn sie
gleich rückwärts gab. „Links, links!", brüllte der Mann
wieder aufgeregt. „Rückwärts!"

„Klugscheißer", knurrte Eske leise. Dann legte sie den
Rückwärtsgang ein und gab Gas.

Die Maschine der *"Hope of Zegen"* hätte jetzt kraftvoll
aufröhren und mit einem gewaltigen Wasserschwall die
Fahrt des Schiffes aufstoppen sollen. Stattdessen quälte
der Motor nur noch ein klägliches Tuckern hervor. Dann
blieb er stehen.

Eske hämmerte verzweifelt auf den Anlasserknopf.
Nichts passierte. Das Schiff rauschte ungebremst auf die
Mole zu. Der Klugscheißer mit dem schwarz-weißen Hut
schrie erneut „volle Kraft zurück." Dann hockte er sich
auf die Mole und streckte ein Bein heraus. Wollte der
Wahnsinnige etwa das tonnenschwere Schiff mit seinem
Fuß abhalten?

Jeden Moment musste es fürchterlich krachen. Der
Bugspriet der *"Hope of Zegen"* würde sich wie ein Speer
in die Yacht vor ihnen bohren. Es waren nur noch Zentimeter.

Dann geschah das Wunder. In letzter Sekunde wurde
die *"Hope of Zegen"* wie von Zauberhand abgebremst.
Hans-Dieter Bindestrich hatte es trotz seines benebelten
Schädels nach achtern geschafft und eine Festmacherleine an Land geschleudert. Dort stand ein kleines Mädchen mit roten Zöpfen und einer blauen Latzhose und
einem Lutscher in der Hand. Das Kind steckte den Lutscher in den Mund, hatte nach der Leine gegriffen und sie
blitzschnell um einen Poller gelegt. Das Tau spannte sich,

sirrte wie eine Stahlsaite, ächzte und hielt. Die *"Hope of Zegen"* stoppte und schwoite an die Kaje.

„Du", rief das rothaarige Mädchen dem Bootsmann zu. „Legt ihr immer so an?"

„Das musst du meinen Skipper fragen", meinte der und deutete mit seinem Daumen auf Eske, die gerade mit der Vorleine an Land gesprungen war. „Ich glaube, nur donnerstags."

Von Juist nach Greetsiel

Auch am nächsten Morgen war Eske früh wach. Wieder lauschte sie den Geräuschen des Schiffes. Die Planken knackten leise. Ein Plätschern war zu hören - der Flutstrom musste eingesetzt haben. Die Takelage war still: kaum ein Ton, kein Heulen in den Wanten, kein Klappern einer Leine. Es herrschte also Flaute.

„Die Ruhe vor dem Sturm?", dachte Eske. Dann zwang sie sich, die negativen Gedanken wegzuschieben und schwang sich aus der Koje. Leise schlich sie sich nach achtern in die Nasszelle. Heute würde es nur eine Katzenwäsche an Bord geben; wenn alles gut lief, waren sie in ein paar Stunden am Festland, der ganze Spuk dieser missglückten Reise wäre dann vorbei. Eske könnte zuhause duschen. Stundenlang.

Sie knipste die funzelige Deckenbeleuchtung in der Waschkabine an und musterte ohne Begeisterung ihr Spiegelbild. Eine frustrierte Frau im mittleren Alter blickte sie da aus dem halbblinden Spiegel an. Die Mundwinkel waren nach unten gezogen, die Augen trübe. Quer über das Gesicht zog sich eine Schlaffalte, die das harte Kopfkissen hinterlassen hatte.

Eske streckte sich die Zunge heraus und schnitt eine Grimasse. Dann zog sie das Waschtischchen mit dem eingelassenen winzigen Becken hervor. Ihre Mitsegler hatten wieder einmal keine Ordnung gehalten. Ein Puderdöschen, ein Lippenstift, eine Haarspange und Insulinspritzen lagen herum.

„Madita", dachte Eske. Sie räumte die Utensilien beiseite und versuchte, sich daran zu erinnern, wie es ihr ging, als sie fünfzehn Jahre alt war. Niemand hatte sie verstanden. Und als sie in tiefer Verzweiflung einmal an ihren Pulsadern herumgeritzt hatte, steckte man sie in eine Klinik und zwang sie, jeden Tag Tabletten zu schlucken.

Eske drehte den altertümlichen Wasserhahn auf, die Trinkwasserpumpe sprang an und lärmte mit ihrem tackernden Geräusch durch das Schiff. Ein dünner, bräunlicher Strahl lief in das Waschbecken. Eske schöpfte das Wasser mit der hohlen Hand auf und schüttete sich die das eiskalte Nass ins Gesicht. Sie prustete und die Tropfen liefen ihr über die Brust und den Rücken herunter. Jetzt war sie wach.

Sie schlüpfte in ihren kratzigen Segeltroyer und in die Jeans. Dann schnupperte sie: Zog da etwa ein Duft von Kaffee durch das Schiff?

Eske schnappte sich ihren Waschbeutel und schlich nach vorn. In der Kombüse klapperte jemand gemütlich mit dem Geschirr.

„Karin", flüsterte Eske erstaunt. „Bist du schon wach?"

„Hallo Eske", wisperte Karin zurück. „Ich konnte die ganze Nacht nicht schlafen. Wieder einmal. Hier hast du erst mal einen Becher Kaffee."

Eske griff dankbar zu. Karin hatte sich die Haare noch nicht zu ihrer üblichen Haarspray-Turmfrisur gestylt. Die Strähnen standen ihr in wilder Unordnung widerspenstig vom Kopf. Richtig nett sah sie so aus, fand Eske.

„Milch? Zucker?"

„Danke, ja."

„Kalle und ich haben uns gestritten. Schlimm gestritten."

Eske nahm einen tiefen Schluck aus der Tasse. Der heiße Kaffee tat gut.

„Worum ging es denn?"

„Um gar nichts. Wir können einfach nicht mehr miteinander reden. Ich hatte so gehofft, das Seminar würde uns weiterhelfen. Fehlanzeige! Und während ich mir die ganze Nacht Gedanken gemacht habe, hat sich mein Göttergatte auf die andere Seite gedreht und geschnarcht, was das Zeug hält."

„So sind sie", murmelte Eske und klopfte Karin auf die Schulter. Auch sie und Boris sprachen nicht mehr über das, was sie wirklich bewegte. Die Stimmung an Bord war auf einem Tiefpunkt angelangt.

Eske machte sich daran, die anderen zu wecken. Wenn sie den Törn zum Festland heute riskieren wollten, mussten sie bald aufbrechen.

Eine halbe Stunde später war der Rest der Crew wach, hatte sich notdürftig etwas übergezogen und auf die engen Sitzbänke in der Kajüte gequält. Alle warteten übellaunig auf das, was die Skipperin ihnen zu sagen hatte. Hans-Dieter Bindestrich kam aus der Kombüse angewatschelt und knallte eine Kanne mit Kaffee so heftig auf den Tisch, dass der Inhalt fast heraus schwappte. Dann stellte er die Trinkbecher in die Mitte und schmiss eine Handvoll Teelöffel scheppernd auf die Tischplatte.

Madita sah ihn strafend an und nahm für einen Moment die Kopfhörer aus den Ohren. „Ober", säuselte sie süßlich und blies ihr Kaugummi zu einer großen Blase auf, die schließlich mit einem „Plopp" zerplatzte, „für mich bitte einen Latte macchiato oder einen Cappuccino, aber mit aufgeschäumter Milch und nicht mit Sahne. Und nur, wenn es ihre Zeit erlaubt."

„Freche Göre! Wenn du meinen Kaffee nicht magst, kannst du halb verfaultes Wasser aus dem Tank saufen", polterte der zurück. Aber das hörte Madita schon nicht mehr, weil sie sich die Ohrstöpsel wieder eingesetzt hatte.

Karin und Kalle hatten an entgegengesetzten Enden des Tisches Platz genommen und vermieden es, sich in die Augen zu sehen. Kalle trug eine betont fröhliche Miene zur Schau und trommelte mit seinen großen Zimmermannshänden einen imaginären Marsch auf den Tisch.

„Du nervst", maulte Christine und schaute in ihre Tasse, in der sie den Boden durchschimmern sah. Was hätte sie für einen vernünftigen starken Kaffee und eine Zigarette gegeben!

„Oh", entschuldigte sich Kalle und hörte mit der Trommelei auf. Dann griff er sich einen der Teelöffel und wedelte damit in der Luft herum. „Schlechte Laune? Schlecht geschlafen? Vielleicht kann ja unser großer Meister hier etwas an deinem Karma herumreparieren…" Kalle sah Boris kampfeslustig an.

„Prolet!", zischte Christine und rutschte auf der Sitz-bank nach vorne, um dem Körperkontakt zu Kalle und Thomas zu entgehen, zwischen denen sie eingeklemmt saß.

Eske riss die Tür der Kajüte auf und kam von draußen den Niedergang herunter. Sie sah angespannt aus.

„Lagebesprechung, Leute", sagte Eske knapp und zog Madita einen der Ohrstöpsel heraus. „Auch deine Mei-nung ist gefragt, Mädel."

„Bin dagegen", maulte die. „Bin gegen alles."

„Also", erklärte Eske, „Hochwasser ist um viertel vor elf. Das bedeutet, dass wir um neun Uhr genug Wasser haben, um loszufahren. Ich habe gerade den neuen Wetterbericht abgehört. Ein Sturm- und Gewittertief ist im Anmarsch."

„Ich habe Angst vor Gewitter", jammerte Christine.

Eske sah sie nachdenklich an. „Gewitter auf See sind auch kein Spaß. Das Tief soll es in sich haben. Sturmböen bis Windstärke neun und Hagelschauer sind angesagt."

„Und nun?", fragte Christine und wedelte mit den Fingern, um den frischen Nagellack zu trocknen.

„Das Gewittertief wird erst am Nachmittag die ostfriesische Küste erreichen. Bis Greetsiel brauchen wir ungefähr dreieinhalb Stunden. Wir sollten also längst im Hafen sein, bis das Unwetter uns erreicht. Die Alternative ist, dass wir hier abwarten, bis das Tief abgezogen ist. Das mag aber drei oder vier Tage dauern. Wie ist eure Meinung?"

„Ich muss Montag zur Arbeit", sagte Kalle. „Der Chef reißt mir den Kopf ab, wenn ich nicht erscheine. Hat sowieso schon genug Krach gegeben, dass ich wegen dieser Laber-Segelei unbedingt eine Woche Urlaub brauchte. Trotz der neuen Baustelle."

„Da hört ihr es mal wieder", maulte Karin. „Arbeit, Arbeit, Baustelle. Das ist alles, war für diesen Mann zählt. Ob seine Ehefrau und andere Menschen in Gefahr kommen, weil wir auf Teufel komm raus fahren, interessiert ja nicht. Selbst wo ein Kind dabei ist…"

„Bin kein Kind, du Oma." Madita sah Karin verächtlich an. „Ich bin dafür, dass wir fahren. Noch zwei Tage mit Gruftis halte ich nicht aus!"

„Ich schon", ließ sich Thomas vernehmen. „Ich könnte was Schönes kochen und wir machen es uns hier gemütlich. Ist doch besser, als ein Risiko einzugehen."

„Stopp!", rief Hans-Dieter Bindestrich und knallte seine schwielige Faust auf den Tisch. „Ob wir fahren oder nicht, entscheidet allein der Skipper. Wo gibt's denn sowas, dass an Bord diskutiert wird?"

„Das werde ich auch", entgegnete Eske ruhig. Was hätte sie gegeben, um diese Entscheidung nicht treffen zu müssen. „Trotzdem möchte ich eure Meinung hören."

„Die richtige Meinung wirst du nur in deinem Inneren finden", ließ Boris sich vernehmen. „Schließt eure Augen, achtet auf euren Atem und hört auf die innere Stimme, die…"

„Sagt mal", unterbrach ihn Thomas. „Wo ist eigentlich Jutta?"

Jetzt fiel es den anderen auch auf: Jutta Starenberg-Krollmann, Lehrerin für Erdkunde und Geschichte, Pädagogin des Landkreises Mainz-Bingen im Jahre 2013, fehlte.

„Hatte mich schon gewundert, dass es heute nicht so eng war auf der Sitzbank", ließ Klaas sich vernehmen und putzte sich umständlich die Nase.

Eske sah Klaas strafend an. Für solche Witzeleien war jetzt nicht der richtige Zeitpunkt. „Weiß jemand, was mit Jutta ist?", fragte sie in die Runde.

„Ja.". Madita fummelte mit ihrem Blutzucker-meßbesteck herum und piekste sich in den Zeigefinger.

„Ja, was?"

„Ja, ich weiß es", gab Madita schnippisch zurück und schob den Meßstreifen in das Gerät.

„Und wo ist sie denn nun?"

„Das", sagte Madita wichtig und deckte das Display des Messgerätes schnell mit der Hand ab, damit ihre Mutter den Wert nicht lesen konnte, „ist ein Geheimnis. Habe ich ihr versprochen."

„Madita", schrie ihre Mutter sie an. „Spiel dich nicht so auf! Wir machen uns Sorgen! Wo ist sie?"

Madita genoss die Aufmerksamkeit der Runde sichtlich, wartete noch einen Moment und formte schließlich mit dem Mund das lautlose Wort: „Lover."

„Bei einem Lover?" echote die Runde unisono. Das hätte man nun Jutta Starenberg-Krollmann nicht zugetraut. Der nicht.

„Sag ich doch immer", brummte Hans-Dieter Bindestrich leise. „Frauen an Bord bringen Unglück." Wobei das Unglück in diesem speziellen Fall darin bestand, dass der Bootsmann ein Auge auf die Lehrerin geworfen hatte. Figurmäßig kam sie ihm von allen Teilnehmern am nächsten. Aber das konnte er nun ja wohl vergessen.

„Alle Achtung! Wie ist sie denn so schnell hier in der Einsamkeit an einen Lover gekommen?", frage Christine interessiert. Ihr Nagellack war jetzt trocken und sie betrachtete das Ergebnis kritisch. Ob die Geschichte überhaupt stimmte, die ihr Töchterchen da zum Besten gab?

„Ex-Lover. Jugendliebe. Heute Multi-Millionär mit tausenden von Hotels überall", klärte Madita die anderen auf. Als das Mädchen gerade zu weiteren Erklärungen ausholen wollte, wurde sie von Eske unterbrochen. „Das ist Juttas Privatangelegenheit. Wir können allerdings nicht auf sie warten. Wenn sie bis zum Ablegen nicht wieder auftaucht, muss sie sehen, wie sie von der Insel wegkommt. Das ist so in der christlichen Seefahrt: Wer nicht an Bord ist, wenn das Schiff losfährt, hat selbst schuld."

Eine Viertelstunde später verkündete Eske ihre Entscheidung: Wir fahren! Zuvor hatte es noch endlose Diskussionen gegeben, die darin gipfelten, dass Eske genötigt wurde, die Antwort auszupendeln. Hans-Dieter-Bindestrich band einen schweren Belegnagel aus Messing an eine Schnur und drückte Eske das Ende in die Hand.

Eske weigerte sich. Solch ein Aberglaube! Aber der alte Bootsmann machte einen derartigen Aufstand, dass sie schließlich nachgab. Hans-Dieter traute derartigen Spökenkiekereien mehr als dem amtlichen Seewetterbericht oder den Wettermodellen aus dem Computer. Eske solle an den bevorstehenden Törn denken, und wenn das Pendel in der Nord-Süd-Richtung ausschlüge, bedeutete das: Ja, wir fahren. Bewegungen in der Ost-West-Richtung hießen: Nein, wir bleiben.

Eske bemühte sich, ernst zu bleiben, um Hans-Dieter nicht zu verletzen. Folgsam nahm sie das Pendel in die Hand und dachte an die Überfahrt zum Festland. Dann versuchte sie, das Pendel in der Nord-Südachse in Schwingung zu bringen. Das war zwar geschummelt, aber ohne ein bisschen Flunkerei war diese Touristensegelei einfach nicht zu bewerkstelligen…

Das Pendel aber weigerte sich, Eske zu gehorchen. Der schwere Belegnagel schwenkte erst nach links, dann nach rechts und schließlich im Kreis. Je mehr Eske versuchte, das Pendel in die Nord-Süd-Achse zu bekommen, desto wilder wurden die Kreisbewegungen. „Tja", machte Hans-Dieter-Bindestrich gedehnt und die schweren Zweifel waren ihm überdeutlich auf die Stirn geschrieben. Eske fluchte innerlich. Warum nur hatte sie sich auf diesen Hokuspokus eingelassen? Jetzt würde es noch schwerer werden, einen schnellen und reibungslosen

Start durchzusetzen. Sie musterte ihre Crewmitglieder, die gebannt auf das Pendel starrten. Ihr Blick blieb an Boris hängen und sie spürte einen Stich in ihrer Brust. „Warme, kluge Augen hat er", dachte sie bei sich. „Und so sensible Hände." Was war er nur für ein Mensch, welcher andere Kern mochte sich unter dieser Schale verbergen? Und warum war es mit ihnen beiden so fürchterlich schiefgelaufen? Vielleicht sollten sie sich in aller Ruhe einmal gründlich aussprechen, anstatt sich ständig bis aufs Blut zu bekriegen.

Ihre Gedanken wurden von Hans-Dieter Bindestrich unterbrochen, der energisch mit der flachen Hand auf die Tischplatte schlug. „Dann man los", rief er und zwängte sich aus der Sitzbank. Auch die anderen Crewmitglieder erhoben sich von ihren Sitzen. Eske blickte nach unten. Das Pendel schwang jetzt übermütig mit großen Ausschlägen sauber in der Nord-Süd-Richtung.

Kurz vor neun waren sie tatsächlich startklar. Die Luft lastete schwül und stickig auf ihnen. Kein Luftzug rührte sich. An den hellen Stellen des Schiffsdecks sammelten sich tausende von kleinen Fliegen. Die Kleidung klebte am Körper.

Von Jutta Starenberg-Krollmann gab es nach wie vor keine Spur. Sie hatten mehrfach versucht, sie auf dem Handy zu erreichen, aber immer nur die Mailbox bekommen. Ob ihr etwas zugestoßen war? Eske schob diesen Gedanken beiseite. Die Lehrerin war eine gestandene, erwachsene Frau. Und hatte sie nicht immer gepredigt, dass man konsequent sein müsse? Es half nichts, sie konnten unmöglich noch länger warten. Eske nickte ihrem Bootsmann zu, der an den Festmacherleinen parat stand. Dann drückte sie auf den Anlasserknopf.

Die Maschine orgelte schwerfällig einige Umdrehungen, sprang widerwillig an, spuckte eine gewaltige Qualmwolke aus und tuckerte unrund vor sich hin. Eske legte ab. Nach einigen Metern gab sie Gas.

Statt auf Touren zu kommen, blieb der Motor mit einem lauten Knall stehen. Hans-Dieter Bindestrich bemühte sich, die Vorleine wieder über den Poller zu werfen - vergeblich. Mit langsamer Restfahrt trieb das Schiff durch den Hafen.

„Hallo, Hallo!", kreischte jemand von der Mole. „Hallo, Schiff ahoi! Nehmt mich mit!"

War das wirklich Jutta Starenberg-Krollmann, die da lachend und tanzend angerannt kam? Die Haare standen ihr verwuselt vom Kopf, die Schuhe hielt sie in der Hand und mit einem übermütigen Sprung setzte sie über eine Pfütze hinweg. Selbst der wilde Biker ihres Bein-Tattoos schien mit den Augen zu zwinkern. Das aber konnte natürlich auch eine Täuschung sein, bei der Entfernung.

Der Bootsmann schleuderte erneut die Festmacherleine an die Mole, Jutta fing den Tampen lässig mit einer Hand auf und legte das Auge um den Poller. Dann holten sie gemeinsam das Schiff an die Kaje. Jutta schmiss ihre Schuhe und ihr Handtäschchen an Bord und enterte geschickt über das Klüvernetz an Bord. Dann strahlte sie die anderen an, die missmutig und etwas verdutzt aus der Wäsche blickten. „Danke, dass ihr auf mich gewartet habt! Ihr seid die Besten!"

„Tja", grummelte Hans-Dieter Bindestrich verlegen und fummelte linkisch mit dem Ende der Festmacherleine herum. „Eigentlich…"

„Ich weiß", unterbrach ihn Jutta. „Ich weiß. Eigentlich hätte ich euch Bescheid geben müssen. Bin einfach nicht

dazu gekommen! Sei mir nicht böse, mein starker Seemann!" Und dann gab sie dem alten Matrosen tatsächlich
einen Kuss auf die Wange.

Hans-Dieter Bindestrich, der in seinem Leben schon
manchen Gefahren getrotzt hatte (immerhin war er dreimal um Kap Hoorn gesegelt; von der legendären Knei-
penschlägerei in Tahiti einmal ganz abgesehen) fiel das
Ende der Festmacherleine aus der Hand. Das Tau
plumpste auf das Deck und rutschte, von der Schwerkraft
gezogen, langsam in Richtung Reling und klatschte ins
Wasser. „Torfkopp", schimpfte der alte Seebär mit sich
selbst. So etwas war ihm in seiner gesamten Fahrenszeit
noch nicht untergekommen.

Und so kam es, dass die *"Hope of Zegen"* erneut halt-
los durch das Hafenbecken trieb. Eske stieß einen Fluch
aus, zum Glück auf holländisch und für die anderen un-
verständlich. Dann hieb sie mit der flachen Hand wütend
auf den Anlasserknopf.

Der alte Schiffsmotor sprang tatsächlich auf Anhieb
an, so, als ob nie ein Problem bestanden hatte. Eske
konnte es nicht glauben. Sie zog den Dekompressions-
hebel, stellte die Maschine ab und startete erneut. Der
Motor lief sofort. Auch ein dritter Startversuch klappte
tadellos. An Land hatte ein Passant die Festmacherleine
aufgeschossen und warf sie in hohem Bogen zum Schiff
zurück. Alle Probleme, die auf der *"Hope of Zegen"* für
Bauchschmerzen gesorgt hatten, schienen sich in Luft
aufzulösen, seit Jutta Starenberg-Krollmann wieder an
Bord war und mit einem liebeskranken Grinsen ihre Mitsegler anhimmelte. Selbst Madita musste verstohlen
schmunzeln.

„Nun denn", knurrte Eske grimmig und legte den Gashebel auf den Tisch.

Die „Hope of Zegen" verließ mit langsamer Fahrt den Juister Hafen. Es war unnatürlich heiß. Kein Luftzug regte sich. Es waren noch mehr Gewitterfliegen geworden. Eske blickte zum Himmel: Wolkenlos, aber die Luft war nicht klar, nicht echt. Die Schwüle war körperlich zu spüren. Das T-Shirt klebte ihr nass am Körper. Die Skipperin sah ihre Crew an. Hoffentlich würde das Wetter halten, bis sie Greetsiel erreicht hatten. Vierzehn, vielleicht fünfzehn Seemeilen, drei oder vier Stunden, wenn alles gut lief.

Die „Hope of Zegen" kam nur langsam voran. Der Flutstrom lief kräftig zwischen Juist und Borkum durch die Osterems in die Memmertbalje. Pricke um Pricke musste das Schiff gegen die Strömung ankämpfen. Der Motor brachte nicht die volle Leistung, obwohl Eske Vollgas gegeben hatte. Und hier, gegen den Flutstrom, fehlte jeder Knoten Fahrt durch das Wasser doppelt. Sie kamen langsamer voran als berechnet. Wesentlich langsamer.

Dann tauchen an der Kimm die ersten Wolken auf: hochaufgetürmte, dunkle Cumulonimbuswolken. Es wurde immer heißer, immer drückender. Eske fluchte. Das Gewitter sollte doch erst am späten Nachmittag kommen!

Die Wolken verhießen nichts Gutes. Noch schienen sie kaum näher zu kommen. Eske fürchtete sich vor Gewittern auf See. Ein Blitzeinschlag auf einem Schiff war zwar selten. Aber Gewitter waren häufig mit schwersten Böen, Starkregen, Hagelschauern und fehlender Sicht verbunden.

Es half nichts. Zurück konnten sie nicht mehr.

Die „*Hope of Zegen*" wurde immer langsamer. Der Motor ruckelte, qualmte und muckte. Ihre Fahrt durch das Wasser nahm ab und der entgegenlaufende Flutstrom wurde stärker. Meter um Meter, Pricke um Pricke arbeitete sich das alte Schiff mühsam durch die Memmertbalje. Endlich, fast anderthalb Stunden später als geplant, erreichten sie das große Fahrwasser der Osterems. Jetzt schob sie der Flutstrom und sie kamen besser voran.

Die ersten Wolkentürme schoben sich vor die Sonne. Ein leichter Wind kam auf. Die See war glatt und ölig. Das Gewitter zog gegen den Bodenwind und kam jetzt mit großer Geschwindigkeit auf sie zu.

Eske schnürte sich die Kehle zu. Sie hätte das Kommando zum Aufbruch nicht geben dürfen, nicht bei einer derartigen Wetterlage, nicht mit diesem altertümlichen Schiff, einem unzuverlässigen Motor und einer unerfahrenen Crew! Durch ihre Schuld kamen jetzt diese Menschen in Gefahr.

Am Horizont war das erste Flackern eines Blitzes zu sehen. Nach einer langen Weile ertönte ein dunkles, drohendes Donnergrollen. „Und segne, was du uns bescheret hast", fluchte Eske gotteslästerlich und schluckte ihre Verzweiflungstränen herunter. „Alle herkommen, Lagebesprechung!"

Die Crew versammelte sich mit ernsten Gesichtern um ihre Skipperin. „Wie es aussieht, kommen wir in das Gewitter. Wir müssen uns darauf vorbereiten."

Eske bemühte sich, mit fester Stimme zu sprechen: „Wir müssen jetzt eben tun, was getan werden muss. Als Erstes will ich, dass ihr euer Ölzeug anzieht. Es wird hier gleich eine heftige Dusche geben. Und dann legt jeder seine Rettungsweste und seinen Lifebelt an."

Ohne Murren quälten sich alle in der drückenden Hitze in das dicke Ölzeug und hantierten mit den Verschlüssen von Schwimmwesten und Rettungsleinen. Sämtliche Gegenstände an Deck und in der Kajüte wurden festgezurrt. Hans-Dieter Bindestrich erklärte die Funktion der Rettungsinsel und der anderen Seenotgeräte.

„Ich hab Angst! Mama, ich hab Angst." Madita schluchzte, Tränen und Schnodder rannen über ihr Gesicht.

Christine schleuderte mit einer energischen Bewegung ihre Zigarette von Bord und umschlang ihre Tochter. „Komm her mein Mädchen. Mein kleines, kleines Mädchen. Mein starkes Mädchen!" Auch Christine heulte. So nahe waren sie sich schon ewig nicht mehr gewesen. Ein gewaltiger Blitz zuckte quer über den Himmel. Kurz darauf lärmte der Donner. Christine drohte dem Wetter mit der Faust. „Wir werden kämpfen!", schrie sie und wischte ihrer Tochter mit dem Ärmel die Tränen aus dem Gesicht. „Das stehen wir zusammen durch!"

Die Blitze kamen näher. Der Himmel war jetzt völlig schwarz, sekundenlang wurde er grell von zuckenden Blitzen erleuchtet. Der Donner krachte ohrenbetäubend. Die Zeit zwischen Blitz und Donner wurde kürzer. Plötzlich war die Linie des Horizonts nicht mehr zu sehen. Eine schwarze Wand verhüllte die Kimm. Die Front raste auf sie zu. Schlagartig wurde es eiskalt. Ein Blitz zuckte direkt über ihnen quer über den Himmel, sofort darauf krachte gewaltiger Donner. Eine schwere Bö fiel ein. Sintflutartiger Regen ergoss sich. Tennisballgroße Hagelkörner knallten auf sie herunter. Die See kochte. Im Nu liefen hohe Wellen auf, die sich in weißen Schaumkronen brachen. Gischt flog durch die Luft. Die Brecher warfen das Schiff hin und her. Die „*Hope of Zegen*" ließ sich kaum noch auf Kurs halten. Man konnte kaum noch das Vorschiff erkennen. Ein Inferno, ein Weltuntergang.

„Einpicken!", schrie Eske in das Getöse. Und dann geschah das Unglück: Ausgerechnet in diesem Moment gab die Maschine endgültig ihren Geist auf. Jetzt, wo nichts schiefgehen durfte, blieb der Motor einfach stehen.

Eske hämmerte verzweifelt auf den Anlasserknopf. Nichts passierte. Das alte Schiff trieb antriebs- und steuerlos dahin. Die erste schwere Gewitterbö krachte auf sie herunter. Eine Leine riss sich aus den Führungen und peitschte über das Deck. Beschläge donnerten gegen die Aufbauten. Ein schwerer Tauwerksblock krachte aus der Takelage herunter und erwischte den Bootsmann am Kopf. Benommen hing der Mann in seinem Sicherungsgurt. Der Sturm versetzte die *"Hope of Zegen"* mit hoher Geschwindigkeit nach Lee. Wenige Kabellängen entfernt lag dort die Sandbank Lütje Hörn. Hier stand Grundsee und wenn sie da hineingerieten, würde das Schiff in kürzester Zeit zu Kleinholz verarbeitet werden.

„Wir müssen ankern", schrie Eske. Gemeinsam mit Boris kämpfte sie sich nach vorne. „Anpicken", befahl sie. Boris begriff schnell. Er klinkte die Sicherungsleine seines Lifebelts an einem Schiffsbeschlag an und arbeitete sich auf dem schwer schlingernden Schiff voran. Wellen schlugen über das Vorschiff und begruben die beiden unter sich. Ein Hagelschauer prasselte herunter. Das Deck war weiß und spiegelglatt. Endlich hatten sie das Ankerspill erreicht. Ein Brecher krachte über die Back und riss Eske mit sich. Die Frau wurde über das Deck gespült, knallte gegen den Aufbau und hing in ihrer Sicherungsleine. Eske rappelte sich auf und robbte wieder nach vorne. Boris hatte sich schon am Ankergeschirr zu schaffen gemacht. Er legte den Hebel der Winsch um, aber die Ankerkette hatte sich durch die starken Schaukelbewegungen verkeilt. Verzweifelt riss Boris an den Kettengliedern. „Pass auf, die Finger!", schrie Eske, denn eine ausrauschende Ankerkette konnte tödlich sein. Boris zog, drückte, schrie, schlug. Endlich löste sich der Anker und riss den Kettenvorläufer mit lautem Getöse durch die Klüse. Kette und Ankerleine rauschten aus. „Belegen" schrie Eske. Die Leine spannte sich, ächzte und knackte, aber sie hielt. Das Schiff ruckte in das Ankertau und wurde herumgerissen, mit dem Bug in den Wind. Wenige Meter vor dem gefährlichen Legerwall tanzte die *"Hope of Zegen"* auf den Wellen in den Sturmböen.

Der Himmel war jetzt völlig schwarz. Grelle Blitze zuckten. Die See war weiß von Schaumkronen. Gischt flog durch die Luft, die Sicht war gleich null. Bei jeder Woge riss das Schiff an der Ankerleine. Der Anker konnte nicht halten, nicht in diesem Sandgrund. Meter um Meter trieben sie weiter nach Lee, auf die tödliche Bank zu. Wenige Minuten, dann würden sie in die Grundsee geraten. Nur ein Wunder konnte sie jetzt noch retten.

Zu diesem Zeitpunkt hantierte ein schüchterner, junger Mann im Maschinenraum. Klaas hatte eine Taschenlampe im Mund eingeklemmt und arbeitete sich an den Schaltkasten heran. Das starke Schlingern des Schiffes schleuderte ihn gegen die Wände. Er achtete nicht darauf. Konzentriert untersuchte er Schaltkreis um Schaltkreis. Oben an Deck prasselte mit lautem Getöse ein Hagelschauer herunter. Ein Knall, eine schwere Erschütterung; das Schiff musste auf Grund gekommen sein. In einer Schiffsplanke entstand ein Riss; ein Wasserfall sprudelte durch das Leck in das Innere. Dann hatte Klaas gefunden, wonach er suchte. Leise pfiff er durch die Zähne. „Hab ich dich", murmelte er und klippste eine defekte Sicherung aus ihrer Halterung. „So ein Pfennigartikel, und du willst uns ins Verderben bringen?" Dann flickte er die Sicherung mit der Alufolie eines Kaugummistreifens und überbrückte den Magnetschalter des Anlassers mit seinem Taschenmesser.

Oben an Deck herrschte das pure Chaos. Das Schiff hatte zum zweiten Mal Grundberührung gehabt und hart auf die Sandbank aufgesetzt. Dabei war die Gaffel aus dem Topp heruntergestürzt und hatte die Mannschaft unter sich begraben. Alles schrie durcheinander. In diesem Moment ging ein Vibrieren durch den Schiffsrumpf. Aus dem Auspuff stiegen Qualmwolken auf. „Die Maschine läuft", schrie Eske. „Das gibt's doch gar nicht!" Jetzt hätte jemand am Ruder stehen und das Schiff steuern müssen!

Da sah sie, wie ein gedrungenes Wesen mit roter Schwimmweste sich nach achtern kämpfte. Jutta Starenberg-Krollmann war vielleicht eine etwas schwierige Person, aber wenn es hart auf hart kam, wusste sie, was zu tun ist. Ein Brecher fegte über das Achterdeck und begrub sie unter sich, aber die Lady hatte sich sauber eingepickt. Dann fegte ein Hagelschauer über sie hinweg. Unbeirrt arbeitete sie sich weiter nach hinten. Endlich hatte sie ihren Platz erreicht. „Verfickt und versoffen", brüllte die Dame zornig in das tobende Inferno, schnappte sich das Ruder und drehte das Schiff in den Wind.

Das Schiff kämpfte sich einige Meter von der gefährlichen Sandbank weg. Dann aber riss die Ankerleine den Bug herum. Der Anker, vor wenigen Minuten noch ihre Rettung, wurde jetzt zu ihrem drohenden Untergang. Vergeblich versuchten sie, das Ankertau zu lösen und den

Anker zu slippen, aber die Ankerleine hatte sich auf dem Poller hoffnungslos verkeilt. „Kappen", schrie Eske verzweifelt. Boris war schon verschwunden, hatte sich zum Niedergang durchgekämpft und war in die Kajüte heruntergeklettert. Jetzt tauchte er wieder auf mit einem großen Küchenmesser quer zwischen den Zähnen. Meter um Meter arbeitete er sich nach vorne. Dann hieb er auf die Ankerleine ein. Endlich gab das Tau nach. Am Ruderrad stieß Jutta Starenberg-Krollmann erneut einen männermordenden gotteslästerlichen Fluch aus, legte hart Ruder und gab Vollgas. Und wirklich - das Schiff nahm Fahrt auf und gewann tieferes Wasser.

Nach einer Viertelstunde war der ganze Spuk vorbei. Ein paar Regenböen noch, dann kam die Sonne durch. An Deck sah es aus wie nach einem Bombenangriff: Leinen, Beschläge, zerborstene Holzteile lagen durcheinander. Der linke Arm von Boris hing merkwürdig herunter, das Schlüsselbein war gebrochen. Auf der Stirn klaffte eine Wunde und Blut lief ihm über das Gesicht. Eske hieb ihm kräftig auf die Schulter, von seinem Schlüsselbeinbruch ahnte sie noch nichts. "Wenn du noch ein einziges Mal", herrschte sie ihn an und wischte mit einer zärtlichen Geste das herunterlaufende Blut aus seinem Gesicht. „Wenn du noch ein einziges Mal mein bestes Küchenmesser für Tauwerksarbeiten missbrauchst, dann kannst du was erleben!" Dann gab sie dem verdutzten Mann ohne Umschweife einen intensiven Kuss auf den Mund und ihr kleines, holländisches Herz zersprang fast vor Glück.

Simon Valta

Gezeugt: 13.10.1955, 23:00h
(auflaufendes Wasser, Vollmond).
Segelschein Klasse A (ohne Schummeln): 13.3.1962
Eigner eines Plattbodenschiffes (Grundel)
Abitur (mit Schummeln): 14.6.1974.
Neben dem Schreiben auch noch als Landarzt tätig.
Mittlerweile in fortgeschrittenem Lebensjahr
(für schwache Kopfrechner: ist aktuell 64).
Schreibt aus Spaß und um sich zu entspannen
(was aber nicht klappt).